LE
Collection d

ALBERT PIGASSE

**Mr QUINN
EN VOYAGE**

Agatha Christie

Mr QUINN EN VOYAGE

Librairie des Champs-Élysées

Ce recueil a paru sous le titre original :

THE MYSTERIOUS MR QUINN

PREMIER VOLUME :

LE MYSTÉRIEUX MR QUINN

DEUXIÈME VOLUME :

MR QUINN EN VOYAGE

7

LA VOIX DANS LES TÉNÈBRES
(The Voice in the Dark)

— Je me fais un peu de souci pour Margery, déclara lady Stranleigh. Ma fille Margery, vous savez bien !

Elle soupira, rêveuse.

— C'est affreux l'impression de vieillesse que je ressens chaque fois que je me dis que j'ai une grande, grande fille.

Mr Satterthwaite, à qui s'adressaient ces confidences, saisit galamment la perche ainsi tendue :

— À vous voir, on ne le croirait jamais, déclara-t-il avec une courbette.

— Flatteur ! dit lady Stranleigh d'un air absent.

De toute évidence, elle avait l'esprit ailleurs.

Mr Satterthwaite ne se lassait pas d'admirer la mince silhouette de sa compagne, toute de blanc vêtue. Le soleil de Cannes avait beau dispenser une lumière implacable, lady Stranleigh passait l'épreuve haut la main. De loin, son apparence juvénile était vraiment extraordinaire : on aurait presque pu la prendre pour une adolescente. Or Mr Satterthwaite, qui savait tout, n'ignorait pas que lady Stranleigh aurait fort bien pu avoir des petits-enfants d'âge adulte. Elle incarnait le triomphe suprême de l'artifice sur le naturel. Sa silhouette était ravissante, et tout aussi ravissant son teint. Elle avait certes fait la fortune de nombreux instituts de beauté, mais le résultat était indéniablement saisissant.

Lady Stranleigh alluma une cigarette et croisa ses jambes magnifiques, gainées de bas de soie arachnéenne.

– Oui, murmura-t-elle, je me fais vraiment un peu de souci pour Margery.

– À ce point ? Quel est donc le problème ? s'enquit Mr Satterthwaite.

Lady Stranleigh tourna vers lui ses beaux yeux bleus.

– Je ne crois pas que vous la connaissiez, ajouta-t-elle avant de préciser avec beaucoup d'à-propos : c'est la fille de Charles.

Si les notices du *Who's Who* étaient tant soit peu conformes à la vérité, celle de lady Stranleigh aurait pu se terminer ainsi : *Violon d'Ingres : se marier.* Toute sa vie elle avait papillonné de mari en mari, les semant de-ci de-là. Elle en avait perdu trois pour cause de divorce et un pour cause de décès.

– Si Margery était la fille de Rudolph, je pourrais comprendre, poursuivit lady Stranleigh d'un ton pensif. Vous vous souvenez de Rudolph ? Il a toujours été d'humeur instable. Six mois après l'avoir épousé, j'étais contrainte de recourir à ces drôles de formalités – comment appelle-t-on, déjà, tout ce fatras juridico-matri-monial ? – enfin, bref, vous voyez ce que je veux dire. Dieu merci, la procédure est beaucoup plus simple de nos jours. À l'époque, il m'avait fallu écrire à Rudolph prati-quement sous la dictée de mon avocat une lettre abraca-dabrante dans laquelle je le suppliais de revenir et lui promettais de faire des efforts, etc etc. Mais impossible de se fier à Rudolph, il était si imprévisible ! Il n'avait rien trouvé de mieux que de rentrer ventre à terre – ce qui n'était pas la chose à faire ni le but recherché par les avocats.

Elle soupira.

Avec tact, Mr Satterthwaite la ramena au vif du sujet :

– Et Margery ?

– Ah ! oui. C'est de Margery que nous parlions, n'est-ce pas ? Figurez-vous que Margery a vu ou entendu des choses étranges : des fantômes ou je ne sais quoi... Je n'aurais pas cru Margery si imaginative. C'est une bonne fille, elle a toujours été gentille mais un tantinet... popote.

– Je n'en crois rien, murmura Mr Satterthwaite, en veine de compliments.

– Mais si, affreusement popote, renchérit lady Stranleigh. Elle n'aime pas les bals, les cocktails... bref, aucune des distractions qui devraient enchanter une jeune fille de son âge. Elle préfère de beaucoup rester chasser sur nos terres plutôt que de venir sur la Côte d'Azur avec moi.

– Mon Dieu ! s'exclama Mr Satterthwaite. Elle a refusé de vous accompagner, dites-vous ?

– Remarquez, je n'ai pas vraiment insisté. J'estime que les filles ont un effet déprimant sur leur mère.

Mr Satterthwaite essaya d'imaginer lady Stranleigh escortée d'une fille posée et réfléchie. Il n'y parvint pas.

– C'est plus fort que moi, je me demande parfois si elle n'est pas en train de perdre la tête, poursuivit la mère de Margery d'un ton enjoué. Je me suis laissé dire que c'était très mauvais signe quand on commençait à entendre des voix. Si encore Abbot's Mede était hanté, je pourrais comprendre : mais l'ancienne bâtisse a été complètement détruite par le feu en 1836, et on a érigé à la place une sorte de caravansérail de style victorien, beaucoup trop laid et vulgaire pour attirer des fantômes.

Mr Satterthwaite toussota. Il se demandait où son interlocutrice voulait en venir.

Lady Stranleigh lui dédia un sourire rayonnant :

– Je me suis dit que *vous*, peut-être, vous pourriez m'aider.

– Moi ?

– Oui. Vous rentrez bien en Angleterre demain ?

– Oui, en effet, admit Mr Satterthwaite avec circonspection.

– Et vous connaissez certainement tous ces spécialistes en phénomènes psychiques ? Ne dites pas le contraire, vous connaissez tout le monde !

Mr Satterthwaite esquissa un sourire. Connaître tout le monde, c'était l'une de ses faiblesses.

– Donc, quoi de plus simple ? enchaîna lady Stranleigh. Moi, je n'arrive pas à m'entendre avec ces gens-là. Tous ces hommes à l'air pénétré qui portent barbe et lorgnons m'ennuient terriblement et je me sens d'humeur exécrable en leur compagnie.

Mr Satterthwaite fut quelque peu interloqué. Mais lady Stranleigh conservait le même sourire éclatant.

– Alors, c'est bien convenu ? dit-elle avec entrain. Vous allez voir Margery à Abbot's Mede et vous prenez toutes les dispositions nécessaires. Je vous en garderai une reconnaissance éternelle. Naturellement, s'il s'avérait que Margery perde *vraiment* la tête, je rentrerais aussitôt. Ah ! voici Bimbo.

D'éclatant, son sourire s'était fait éblouissant.

Un jeune homme en pantalon de tennis venait vers eux. Âgé d'environ vingt-cinq ans, il était extrêmement beau gosse.

– Je vous cherchais partout, Babs, dit-il sans cérémonie.

– Alors, cette partie de tennis ?

– Au-dessous de tout.

Lady Stranleigh se leva pour prendre congé. Par-dessus son épaule, elle susurra à Mr Satterthwaite d'une voix suave :

– Vous êtes un amour de me rendre ce service. Jamais je ne l'oublierai.

Mr Satterthwaite regarda le couple s'éloigner.

« Je me demande si Bimbo ne sera pas le numéro 5 ? »
murmura-t-il.

Le contrôleur du Train de Luxe montrait du doigt à
Mr Satterthwaite l'endroit où, quelques années auparavant, un accident s'était produit sur la ligne de chemin de
fer. Il terminait son brillant récit lorsque le vieux monsieur, levant la tête, vit par-dessus l'épaule du contrôleur
un visage familier qui lui souriait.

– Cher Quinn ! (Un large sourire éclaira son petit
visage flétri.) Quelle coïncidence ! Le même train nous
ramène tous deux en Angleterre ! Car vous allez bien en
Angleterre, je suppose ?

– Oui, répondit Mr Quinn. J'ai une affaire assez importante à régler là-bas. À quelle heure comptez-vous dîner ?

– Je prends toujours le premier service. C'est absurde
de dîner à 6 heures et demie, j'en conviens, mais on court
moins le risque de manger de la cuisine réchauffée.

Mr Quinn approuva d'un hochement de tête.

– Moi aussi, je dîne tôt. Peut-être pourrions-nous partager la même table ?

À 6 heures et demie, Mr Quinn et Mr Satterthwaite
s'installèrent l'un en face de l'autre à une petite table du
wagon-restaurant. Après avoir consulté la carte des vins
avec l'attention requise, Mr Satterthwaite se tourna vers
son compagnon.

– Voyons, je ne vous ai pas revu depuis... ah ! oui,
depuis la Corse. Vous êtes parti très brusquement, ce
jour-là.

Mr Quinn haussa les épaules.

– Pas plus que d'habitude. Je ne suis jamais que de
passage, vous savez... Jamais que de passage.

Ces mots éveillèrent un écho dans la mémoire de
Mr Satterthwaite. Un petit frisson lui parcourut l'échine,

mais cette sensation n'avait rien de désagréable bien au contraire. Il savourait à l'avance les événements qui n'allaient pas manquer de se produire.

Mr Quinn avait pris la bouteille de vin rouge pour en examiner l'étiquette. L'espace d'un instant, la lumière joua sur la bouteille, enveloppant Mr Quinn d'un halo rougeoyant.

De nouveau, Mr Satterthwaite eut un frisson de plaisir.

– J'ai, moi aussi, une mission à accomplir en Angleterre, déclara-t-il. (Rien que d'y penser, un sourire fleurit sur ses lèvres.) Vous connaissez peut-être lady Stranleigh ?

Mr Quinn secoua la tête.

– Il s'agit d'un titre ancien, reprit Mr Satterthwaite. Très ancien. C'est l'un des rares titres transmissibles par les femmes. Lady Stranleigh est baronne de plein droit. Seulement pour parvenir au titre, quel roman !

Mr Quinn se carra dans son siège. Un serveur, qui virevoltait d'un bout à l'autre du wagon bringuebalant, réussit le miracle de déposer sans dommage des bols de potage devant eux. Mr Quinn entama le sien à petites gorgées.

– Vous allez me brosser l'un de ces étonnants portraits dont vous avez le secret, c'est bien cela ? murmura-t-il.

Mr Satterthwaite se rengorgea.

– En fait, dit-il, c'est une femme extraordinaire. Elle doit certainement avoir soixante ans... oui, au moins soixante. Je les ai connues gamines, elle et sa sœur. L'aînée s'appelait Béatrice, la cadette Barbara. Pour moi, elles resteront toujours « les filles Barron ». Toutes deux étaient ravissantes et sans le sou, à l'époque. Mais cela remonte à bien des années... pensez, j'étais alors jeune homme moi-même, soupira Mr Satterthwaite. Plusieurs générations les séparaient encore du titre. Le vieux lord Stranleigh était un cousin au second degré, je crois. La

10

vie de lady Stranleigh a été une suite d'événements romanesques. Pour commencer, il y eut trois morts subites dans la famille : deux des frères du patriarche et un neveu. Ensuite il y eut l'*Uralia*. Vous vous rappelez le naufrage de l'*Uralia* ? Le navire coula au large des côtes de Nouvelle-Zélande avec les filles Barron à bord. Béatrice mourut noyée. La sœur cadette, Barbara, celle qui nous intéresse, fut au nombre des rares survivants. Six mois plus tard, à la mort du vieux Stranleigh, elle entra en possession du titre et hérita une immense fortune. Depuis lors, elle n'a eu qu'un seul but dans la vie : son bien-être ! Elle a toujours été la même : belle, dénuée de scrupules, uniquement centrée sur elle-même. Elle a déjà eu quatre maris et pourrait sans nul doute en trouver un cinquième sur l'heure.

Il enchaîna en exposant la mission que lady Stranleigh lui avait confiée.

– Je compte faire un saut à Abbot's Mede pour rencontrer la jeune fille, dit-il. Je... j'estime qu'il faut faire quelque chose en la matière. On ne peut considérer lady Stranleigh comme une mère ordinaire.

Il s'interrompit pour regarder Mr Quinn.

– J'aimerais bien que vous veniez avec moi, dit-il d'un ton tout à la fois songeur et insistant. N'est-ce pas envisageable ?

– Je crois bien que non, dit Mr Quinn. Mais attendez... Abbot's Mede se trouve dans le Wiltshire, n'est-ce pas ?

Mr Satterthwaite acquiesça.

– C'est bien ce que je pensais. Figurez-vous que je séjournerai non loin d'Abbot's Mede, dans un endroit que nous connaissons tous les deux, fit-il en souriant. Vous vous rappelez cette petite auberge à l'enseigne du *Bells and Mothey* ?

– *L'Arlequin aux Grelots !* s'exclama Mr Satterthwaite. Vous y serez ?

– Pendant huit ou dix jours. Peut-être davantage. Si vous voulez venir me voir un jour, j'en serai ravi.

Sans très bien savoir pourquoi, Mr Satterthwaite se sentit étrangement réconforté par cette proposition.

– Ma chère mademoiselle... euh, Margery, dit Mr Satterthwaite, je puis vous assurer qu'il ne me viendrait pas à l'idée de me moquer de vous.

Margery Gale fit une petite moue. Ils étaient installés dans le vaste hall confortable d'Abbot's Mede. Grande jeune fille solidement bâtie, Margery Gale ne ressemblait en rien à sa mère ; elle tenait de la famille de son père, une lignée de hobereaux passionnés d'équitation. Elle offrait une apparence de fraîcheur et de santé qui en faisait l'image même de l'équilibre. Mr Satterthwaite se rappela néanmoins que tous les membres de la famille Barron avaient une tendance à l'instabilité mentale. Margery pouvait très bien avoir hérité du physique de son père et, en même temps, d'une tare mentale du côté maternel.

– Je voudrais bien pouvoir me débarrasser de cette Mrs Casson, dit Margery. Elle fait partie de ces femmes stupides, capables de se cramponner à leur marotte jusqu'à ce que mort s'ensuive. Elle ne cesse de m'importuner pour que je fasse venir ici un médium. Personnellement, je ne crois pas au spiritisme et je n'aime pas du tout ce genre d'inepties.

Mr Satterthwaite s'éclaircit la gorge, changea de position sur son siège et déclara d'un ton solennel :

– Sommes-nous sûrs de bien connaître tous les faits. Si je comprends bien, le premier de ces... euh, phénomènes... s'est produit il y a deux mois ?

– En gros, dit la jeune fille. Tantôt murmure, tantôt très distincte, la voix disait toujours à peu près la même chose.

– C'est-à-dire... ?

– *Restituez ce qui ne vous appartient pas. Restituez ce que vous avez volé.* À chaque fois, j'ai allumé la lumière, mais la chambre était vide ; il n'y avait personne. À la fin, ça m'a rendue tellement nerveuse que j'ai demandé à Clayton, la femme de chambre de ma mère, de dormir sur le divan de ma chambre.

– Et la voix s'est manifestée quand même ?

– Oui... et ce qui m'effraie le plus, c'est que Clayton ne l'a pas entendue.

Mr Satterthwaite demeura songeur quelques instants.

– Ce soir-là, la voix était-elle forte ou, au contraire, à peine audible ?

– C'était presque un chuchotement, convint Margery. Si Clayton dormait à poings fermés, il est très possible qu'elle ne l'ait pas entendu. À la suite de cela, elle a insisté pour que j'aille voir un médecin. (La jeune fille eut un rire amer.) Mais depuis la nuit dernière, Clayton elle-même croit à toute l'histoire.

– Que s'est-il donc passé la nuit dernière ?

– Je vais vous le dire, bien que je ne l'aie encore raconté à personne. Hier, je suis allée chasser et nous avons eu une longue traque. Le soir, j'étais tellement morte de fatigue que je me suis endormie comme une masse. Et là, j'ai fait un cauchemar horrible : j'ai rêvé que j'étais tombée sur une grille hérissée de pointes métalliques et que l'une d'entre elles me rentrait lentement dans la gorge. Je me suis alors réveillée en sursaut pour m'apercevoir que quelque chose de pointu s'enfonçait réellement dans mon cou, tandis qu'une voix murmurait tout bas : *Vous avez volé ce qui m'appartient. Préparez-vous à mourir.*

» J'ai hurlé en griffant l'air de mes mains, mais il n'y avait personne. Clayton, qui dormait dans la chambre voisine, est accourue en m'entendant crier. Elle a nettement senti quelque chose la frôler dans l'obscurité mais, à l'en croire, cette « chose » n'avait rien d'humain.

Mr Satterthwaite la regarda, les yeux ronds : la jeune fille était visiblement secouée, bouleversée, et il remarqua, sur le côté gauche de son cou, un petit carré de sparadrap. Elle capta son regard et hocha la tête.

– Comme vous le voyez, dit-elle, ce n'était pas un effet de mon imagination.

L'histoire semblait si mélodramatique que Mr Satterthwaite demanda, comme en s'excusant :

– Vous ne voyez personne qui puisse avoir... euh, un motif de vous en vouloir ?

– Bien sûr que non, protesta Margery. Quelle idée !

Mr Satterthwaite attaqua le problème par un autre biais :

– Qu'avez-vous eu comme visiteurs ces deux derniers mois ?

– En dehors des hôtes d'un week-end, vous voulez dire ? Eh bien Marcia Keane est avec moi depuis le début. C'est ma meilleure amie ; elle est tout aussi mordue d'équitation que moi. Et mon cousin Roley Vavasour a séjourné ici une grande partie du temps, lui aussi.

– Bien, dit Mr Satterthwaite. Je crois que je verrai Clayton, la camériste. Elle est à votre service depuis longtemps, j'imagine ?

– Une éternité, répondit Margery. Quand mère et tante Béatrice étaient jeunes filles, Clayton était déjà à leur service. C'est pour cela que mère l'a gardée, je présume, bien qu'elle dispose déjà d'une femme de chambre française. Clayton effectue des travaux de couture et diverses tâches ménagères.

Elle conduisit Mr Satterthwaite à l'étage et Clayton vint à leur rencontre. C'était une vieille femme, grande et mince, aux cheveux gris séparés par une raie médiane : apparemment, un parangon de respectabilité.

– Non, monsieur, répondit-elle aux questions de

Mr Satterthwaite, cette maison n'a jamais eu la réputation d'être hantée. Pour être franche, monsieur, jusqu'à la nuit dernière, j'ai cru que miss Margery était victime de son imagination. Mais j'ai bel et bien senti quelque chose me frôler dans le noir. Et je puis vous certifier ceci, monsieur : *ce n'était pas quelque chose d'humain.* De plus, ce n'est pas miss Margery qui s'est fait cette blessure au cou, la pauvre petite.

Ces dernières paroles firent néanmoins surgir une question dans l'esprit de Mr Satterthwaite. Margery aurait-elle pu s'infliger cette blessure toute seule ? On lui avait raconté des cas étranges où des jeunes filles apparemment tout aussi équilibrées et saines d'esprit que Margery s'étaient livrées aux actes les plus inouïs.

— D'ici à quelques jours, il n'y paraîtra plus, reprit Clayton. Ce n'est pas comme cette cicatrice que j'ai au front. (De l'index, elle montra la marque en question.) Je me la suis faite il y a quarante ans, monsieur ; elle n'a jamais disparu.

— Cela date du naufrage de l'*Uralia*, expliqua Margery. Clayton a été heurtée à la tête par une pièce de bois – un espar, je crois – c'est bien cela, Clayton ?

— Oui, mademoiselle.

— À votre avis, Clayton, demanda Mr Satterthwaite, comment faut-il interpréter cette agression contre miss Margery ?

— Je préfère ne pas me prononcer, monsieur.

À juste titre, Mr Satterthwaite vit dans cette réponse la réserve d'une domestique stylée.

— Quel est le fond de votre pensée, Clayton ? insista-t-il, persuasif.

— Je pense, monsieur, qu'une action odieuse a dû être commise autrefois dans cette maison et que, tant que le mal n'aura pas été réparé, nous ne connaîtrons pas la paix, déclara gravement la servante.

Ses yeux d'un bleu délavé soutenaient sans ciller le regard de Mr Satterthwaite.

Quelque peu désappointé, le vieux monsieur redescendit dans le hall. De toute évidence, Clayton s'en tenait à la théorie classique du fantôme venant «hanter» la maison pour venger quelque forfait commis dans le passé. Mr Satterthwaite, pour sa part, était plus difficile à satisfaire. Les phénomènes ne se produisaient que depuis deux mois, c'est-à-dire depuis l'arrivée de Marcia Keane et de Roley Vavasour. Il lui fallait donc se renseigner sur ces deux-là. Peut-être s'agissait-il d'une simple plaisanterie ? Il écarta cette explication. Non, c'était plus sinistre que cela.

Le courrier venait d'arriver. Satterthwaite trouva Margery en train de décacheter ses lettres et de les lire.

– Mère est vraiment insensée ! s'exclama-t-elle soudain en lui tendant la lettre. Lisez ça.

C'était une épître tout à fait dans le style de lady Stranleigh :

Margery chérie,
Je suis bien contente de savoir ce charmant petit Mr Satterthwaite près de toi. Il est terriblement intelligent et connaît tous les gros bonnets des sciences occultes. Convoque-les tous à Abbot's Mede pour qu'ils procèdent à une enquête approfondie. Ce sera follement amusant, j'en suis sûre, et je voudrais bien pouvoir être de la partie, mais je ne me sens pas bien du tout depuis quelques jours. Les hôtels sont d'une telle négligence sur le chapitre de la nourriture ! D'après le médecin, je souffre d'une sorte d'intoxication alimentaire. J'ai vraiment été très malade.

C'est bien gentil à toi de m'avoir envoyé ces chocolats, ma chérie, mais c'est aussi un tout petit peu stupide, non ? Il y a tant de merveilleuses confiseries par ici !

Au revoir, ma chérie, et amuse-toi bien à conjurer les

fantômes de la famille. Bimbo trouve que je fais des
progrès extraordinaires au tennis.

Torrents d'affection,

Barbara

– Mère tient absolument à ce que je l'appelle Barbara,
dit Margery. C'est grotesque.

Mr Satterthwaite réprima un sourire. Pour lady Stranleigh, l'imperturbable conformisme de sa fille devait être
parfois très agaçant.

Un détail de la lettre, qui avait manifestement échappé
à Margery, le frappait.

– Vous avez envoyé une boîte de chocolats à votre
mère ? demanda-t-il.

– Non. Elle a dû confondre avec quelqu'un d'autre.

Mr Satterthwaite prit un air grave. Deux faits lui paraissaient d'une extrême importance : primo, lady Stranleigh
avait reçu en cadeau une boîte de chocolats ; secundo, elle
souffrait d'une sérieuse intoxication. Apparemment, elle
n'avait pas fait le rapprochement entre ces deux éléments.
Y avait-il un lien ? Mr Satterthwaite, pour sa part, était
disposé à le croire.

Une grande jeune fille brune sortit du salon d'un pas
nonchalant et vint se joindre à eux. Margery fit les présentations. Marcia Keane, très à l'aise, adressa à Mr Satterthwaite un sourire jovial.

– Êtes-vous ici pour chasser le fantôme préféré de Margery ? fit-elle d'une voix traînante. Nous n'arrêtons pas
de la mettre en boîte avec son fantôme. Tiens ! voilà
Roley.

Une voiture venait de s'arrêter devant la porte d'entrée.
En dégringola un grand jeune homme blond plein d'ardeur
juvénile.

– Salut, Margery ! lança-t-il. Salut, Marcia ! Voilà du
renfort.

Il se tourna vers les deux femmes qui entraient à sa suite dans le hall. En l'une d'entre elles, Mr Satterthwaite reconnut la fameuse Mrs Casson dont Margery lui avait parlé.

– Ne m'en veuillez pas, chère Margery, dit-elle avec un sourire épanoui. Mr Vavasour nous a dit que nous pouvions venir sans problème et c'est d'ailleurs lui qui m'a suggéré d'amener Mrs Lloyd.

D'un petit geste de la main, elle montra sa compagne.

– Je vous présente Mrs Lloyd, reprit-elle avec une note de triomphe dans la voix. Le plus extraordinaire médium de tous les temps !

Sans paraître le moins du monde gênée, Mrs Lloyd les salua et resta là, les mains croisées. Jeune femme au teint rubicond et à l'allure banale, elle portait des vêtements démodés et plutôt voyants ainsi qu'une chaîne de pierres de lune et plusieurs bagues.

Mr Satterthwaite se rendit compte que Margery Gale n'appréciait guère cette intrusion : elle lança un regard courroucé à Roley Vavasour, qui ne semblait pas mesurer l'impair qu'il avait commis.

– Le déjeuner est prêt, je crois, dit Margery.

– Bien, dit Mrs Casson. Nous organiserons une séance juste après. Avez-vous des fruits pour Mrs Lloyd ? Elle ne prend jamais de vrai repas avant une séance.

Ils passèrent dans la salle à manger. Le médium mangea deux bananes et une pomme. Et elle se contenta de répondre brièvement et avec circonspection aux paroles courtoises que lui adressait Margery de temps à autre. Juste avant que les convives ne se lèvent de table, elle rejeta brusquement la tête en arrière pour humer l'air.

– Il y a une influence très néfaste dans cette maison. Je la sens.

– Elle est merveilleuse, vous ne trouvez pas ? chuchota Mrs Casson, ravie, à Mr Satterthwaite.

– Le mot me paraît faible ! répondit sèchement le vieux monsieur.

La séance eut lieu dans la bibliothèque. Mr Satterthwaite voyait bien que leur hôtesse se pliait au jeu de fort mauvaise grâce et que, si elle acceptait cette épreuve, c'était dans le seul but de faire plaisir à ses invités.

Mrs Casson, qui avait manifestement l'habitude de ce genre de cérémonies, procéda aux préparatifs avec un soin minutieux ; on disposa les chaises en cercle, on tira les rideaux et, bientôt, le médium annonça qu'elle était prête à commencer.

– Six personnes... dit-elle en parcourant la pièce du regard. C'est impossible. Il nous faut un nombre impair. Sept serait l'idéal. C'est avec un cercle de sept personnes que j'obtiens mes meilleurs résultats.

– Nous n'avons qu'à prendre l'un des domestiques, suggéra Roley en se levant. Je vais dénicher le majordome.

– Prenons plutôt Clayton, dit Margery.

Mr Satterthwaite vit la contrariété assombrir le visage avenant de Roley Vavasour.

– Pourquoi diable Clayton ?

– On dirait que tu ne l'aimes pas, dit Margery d'une voix lente.

Roley haussa les épaules.

– C'est elle qui ne m'aime pas. Ou plutôt qui me déteste cordialement.

Il fit mine d'attendre, mais Margery ne céda pas.

– Bon, d'accord, acquiesça-t-il enfin. Va pour Clayton.

Les assistants formèrent le cercle.

Il y eut une période de silence, troublée uniquement par les frottements de pieds et raclements de gorge habituels en ces circonstances. Enfin, on entendit une série de coups, puis une voix : celle d'un Peau-Rouge, prénommé Cherokee, et qui s'exprimait par la bouche du médium.

– Indien Courageux salue vous tous, mesdames et messieurs. Quelqu'un ici très envie parler. Quelqu'un ici très envie donner message à jeune femme. Moi partir, maintenant. Esprit dire ce qu'il est venu dire.

Pause. Puis une autre voix, une voix de femme, demanda doucement :

— Margery est-elle ici ?

Roley Vavasour prit l'initiative de répondre :

— Oui. Qui parle ?

— Je suis Béatrice.

— Béatrice ? Quelle Béatrice ?

À la grande contrariété des personnes présentes, la voix de Cherokee le Peau-Rouge se fit de nouveau entendre :

— Moi avoir message pour vous tous. Ici, vie très radieuse et belle. Nous tous travailler très dur. Aidez ceux qui ne sont pas encore passés de l'autre côté.

Nouveau silence, puis la voix de femme reprit :

— C'est Béatrice qui parle.

— Béatrice qui ?

— Béatrice Barron.

Mr Satterthwaite se pencha en avant. Voilà qui devenait passionnant.

— La Béatrice Barron qui s'est noyée lors du naufrage de l'*Uralia* ?

— Oui, c'est bien moi. Je me souviens de l'*Uralia*. J'ai un message pour les habitants de ces lieux... *Restituez ce qui ne vous appartient pas.*

— Je ne comprends pas, dit Margery, désemparée. Je... êtes-vous vraiment tante Béatrice ?

— Oui, je suis ta tante.

— Bien sûr, voyons ! intervint Mrs Casson d'un ton de reproche. Ne soyez donc pas à ce point sceptique, les esprits n'aiment pas cela.

Soudain, Mr Satterthwaite eut l'idée d'un petit test très simple. D'une voix un peu chevrotante, il demanda :

— Vous rappelez-vous Mr Barcalli ?

Aussitôt s'éleva un rire en cascade.

– Si je m'en souviens ! Pauvre Barque-à-l'eau...

Mr Satterthwaite demeura pétrifié. Le test se révélait concluant. Cet incident s'était déroulé plus de quarante ans auparavant, dans une station balnéaire où il passait ses vacances avec les filles Barron. Un jeune Italien de leur connaissance était parti sur son bateau et avait chaviré ; par la suite, en manière de plaisanterie, Béatrice Barron l'avait surnommé Barque-à-l'eau. À part Mr Satterthwaite, aucune des personnes présentes ne pouvait être au courant de cet épisode.

Le médium tressaillit et poussa un gémissement.

– Elle sort de transe, dit Mrs Casson. C'est tout ce que nous obtiendrons d'elle aujourd'hui.

La lumière du jour éclaira de nouveau la pièce. Dans l'assistance, deux personnes au moins avaient très peur.

Mr Satterthwaite lisait un grand trouble sur le visage tout pâle de Margery. Dès qu'ils furent débarrassés de Mrs Casson et du médium, il chercha à parler en privé avec son hôtesse.

– Je voudrais vous poser quelques questions, miss Margery. Si vous veniez à mourir, vous et votre mère, à qui iraient le titre et les biens ?

– À Roley Vavasour, sans doute. Sa mère était la cousine germaine de mère.

Mr Satterthwaite hocha la tête d'un air entendu.

– Il a séjourné ici bien souvent cet hiver, semble-t-il, dit-il doucement. Pardonnez-moi de vous demander cela, mais... euh... a-t-il un... un tendre penchant pour vous ?

– Il m'a demandée en mariage il y a trois semaines, répondit Margery sans se troubler. J'ai refusé.

– Veuillez me pardonner, mais êtes-vous fiancée à quelqu'un d'autre ?

Il vit le visage de la jeune fille s'empourprer.

– Oui, dit-elle avec force. Je vais épouser Noël Barton.

Cela fait rire mère, qui trouve cette idée absurde : être fiancée à un pasteur, cela lui paraît le comble du ridicule ! Pourquoi, je voudrais bien le savoir ! Il y a pasteur et pasteur ! Si vous voyiez Noël à cheval...

– Oh ! sans aucun doute, dit Mr Satterthwaite. Sans aucun doute.

Un valet fit son entrée, apportant un télégramme sur un plateau d'argent. Margery l'ouvrit et le lut.

– Mère rentre demain, annonça-t-elle. La barbe ! Si seulement elle avait pu rester à Cannes !

Mr Satterthwaite s'abstint de tout commentaire sur cette réaction filiale. Peut-être la jugeait-il justifiée.

– Dans ce cas, murmura-t-il, je crois que je vais regagner Londres.

Mr Satterthwaite n'était pas très satisfait de lui. Il était conscient de ne pas être allé jusqu'au bout de sa mission. Certes, le retour de lady Stranleigh le déchargeait de sa responsabilité ; et pourtant, il n'avait pas fini d'entendre parler du mystère d'Abbot's Mede, il le pressentait bien.

Mais la suite de l'affaire se présenta sous une forme tellement dramatique qu'il fut totalement pris au dépourvu. Il apprit la nouvelle dans les pages de son journal du matin. « Une femme du monde meurt dans son bain », titrait le *Daily Megaphone*. Les autres journaux, en des termes plus mesurés et plus délicats, mais le fait demeurait : lady Stranleigh avait été trouvée noyée dans sa baignoire. On supposait qu'elle s'était évanouie et que sa tête avait alors glissé sous l'eau.

Mais cette explication n'eut pas l'heur de satisfaire Mr Satterthwaite. Il appela son valet de chambre, fit une toilette plus sommaire qu'à l'accoutumée et, dix minutes plus tard, sa grosse Rolls-Royce l'emportait à toute allure loin de Londres.

Curieusement, le but de son voyage n'était pas Abbot's

Mede mais une petite auberge située à une vingtaine de kilomètres de là, une auberge qui portait un nom assez peu courant : *The Bells and Mothey*. Il fut grandement soulagé d'apprendre que Mr Harley Quinn y séjournait encore. Une minute plus tard, il se trouvait face à son ami.

Mr Satterthwaite lui serra énergiquement la main et se mit aussitôt à parler avec agitation.

– Je suis très inquiet, il faut que vous m'aidiez. J'ai le pressentiment terrible qu'il est peut-être déjà trop tard... et que la prochaine victime sera sans doute cette charmante jeune fille... oui, en tous points charmante.

– Si vous m'expliquiez de quoi il s'agit ? dit Mr Quinn en souriant.

Mr Satterthwaite lui adressa un regard chargé de reproche.

– Vous le savez très bien. Je suis convaincu que vous le savez, mais je vais néanmoins vous raconter l'histoire.

D'un seul jet, il narra son séjour à Abbot's Mede et, comme toujours avec Mr Quinn, il se surprit à prendre plaisir à son récit. Il se montra éloquent, subtil, méticuleux dans les détails.

– Il doit bien y avoir une explication, conclut-il.

Il regarda Mr Quinn, les yeux remplis d'espoir, tel un chien regardant son maître.

– C'est à vous de résoudre le problème, pas à moi, dit Mr Quinn. Je ne connais pas ces gens-là, mais vous, si.

– J'ai fait la connaissance des filles Barron il y a quarante ans, déclara Mr Satterthwaite avec fierté.

Mr Quinn acquiesça et prit un air intéressé, au point que le vieux monsieur poursuivit, perdu dans ses souvenirs :

– Ce fameux séjour à Brighton... Barcalli-Barque à l'eau... un calembour stupide, mais Dieu ce que nous avons pu rire ! J'étais jeune, à l'époque. Je faisais un tas de bêtises. Je me souviens de la camériste qui les accompagnait. Elle s'appelait Alice ; c'était un minuscule bout de femme, une gamine ingénue. Je l'embrassais dans le couloir de l'hôtel, je me rappelle, et un beau jour l'une des sœurs a bien failli me surprendre. Seigneur, comme tout cela est loin !

Il hocha de nouveau la tête en soupirant. Puis il regarda Mr Quinn.

— Ainsi, vous ne pouvez pas m'aider ? dit-il avec tristesse. Pourtant, en d'autres occasions...

— En d'autres occasions, vous avez connu le succès grâce à vos propres efforts, dit Mr Quinn avec gravité. Il en ira de même cette fois-ci. À votre place, je me précipiterais à Abbot's Mede sans délai.

— Oui, vous avez raison. D'ailleurs, c'est bien ce que je comptais faire. Je n'ai aucun espoir de vous persuader de m'accompagner ?

— Mon travail ici est terminé, fit Mr Quinn en secouant la tête. Je suis sur le départ.

Arrivé à Abbot's Mede, Mr Satterthwaite se fit conduire immédiatement auprès de Margery Gale. Il la trouva au salon, l'œil sec, assise derrière un bureau jonché de paperasses. Elle réserva à son visiteur un accueil qui le toucha tant elle semblait heureuse de le revoir.

— Roley et Maria viennent de partir, annonça-t-elle. Je ne suis pas d'accord avec les médecins, Mr Satterthwaite. Je suis convaincue, absolument convaincue que mère a été assassinée, qu'on lui a maintenu la tête sous l'eau. Et son meurtrier, quel qu'il soit, veut me tuer aussi. J'en suis sûre. C'est pourquoi... (Elle indiqua le document posé devant elle :) C'est pourquoi j'ai fait mon testament. Une grande partie de la fortune et une partie du domaine sont indépendantes du titre, à quoi il faut ajouter l'argent de mon père. Je lègue à Noël tout ce qu'il m'est possible de lui léguer. Je sais qu'il en fera bon usage, alors que je n'ai aucune confiance en Roley : il a toujours été guidé

24

par l'appât du gain. Voulez-vous signer ceci à titre de témoin ?

– Ma chère enfant, dit Mr Satterthwaite, il vous faut signer votre testament en présence de deux témoins qui, eux-mêmes, doivent signer en même temps.

D'un geste de la main, Margery balaya cette objection d'ordre juridique.

– Cela n'a pas la moindre importance, déclara-t-elle. Clayton m'a vue signer, elle a signé elle-même ensuite, et je m'apprêtais à sonner le majordome, mais vous allez le remplacer.

Mr Satterthwaite s'abstint de toute nouvelle objection. Il dévissa le capuchon de son stylo mais, à l'instant où il allait apposer sa signature, il suspendit son geste. Le nom inscrit juste au-dessus du sien fit jaillir dans sa mémoire un flot de souvenirs. Alice Clayton...

Il avait l'impression que quelque chose cherchait désespérément à se frayer un chemin dans son esprit. Alice Clayton... N'y avait-il pas là un indice ? Quelque chose à quoi Mr Quinn était mêlé. Quelque chose qu'il ne lui avait confié que tout récemment.

Voilà, ça y était ! Alice Clayton, c'est comme ça qu'elle s'appelait. *Un minuscule bout de femme, une gamine ingénue...* C'est fou ce qu'on peut changer, d'accord... *mais tout de même pas à ce point-là.* De plus, l'Alice Clayton qu'il avait connue avait les yeux bruns. La pièce se mit à tanguer autour de lui. Il chercha une chaise en tâtonnant et entendit la voix anxieuse de Margery, qui semblait lui parvenir de très loin :

– Vous n'êtes pas malade, au moins ? Mais qu'y a-t-il ? Je suis sûre que vous êtes souffrant.

Il avait déjà recouvré ses esprits.

– Ma chère enfant, dit-il en lui prenant la main, je comprends tout, à présent. Préparez-vous à recevoir un grand choc. La femme que vous appelez Clayton n'est pas du tout Clayton. La véritable Alice Clayton a péri lors du naufrage de l'*Uralia*.

Margery le regardait, abasourdie.

– Mais... mais alors, qui est-ce ?

– Si je ne me trompe, et je suis certain de ne pas me tromper, cette femme est Béatrice Barron, la sœur de votre mère. Vous m'avez bien dit qu'elle avait été blessée à la tête par une pièce de bois ? Le choc lui aura fait perdre la mémoire – et votre mère aura vu là l'occasion...

– D'extorquer le titre, c'est ça ? conclut Margery d'un ton amer. Oui, elle en était capable. C'est peut-être affreux à dire maintenant qu'elle est morte, mais elle était comme cela.

– Béatrice était l'aînée, reprit Mr Satterthwaite. À la mort de votre oncle, elle aurait hérité de tous ses biens ; votre mère, elle, n'aurait rien eu. C'est pourquoi cette dernière a fait passer la jeune fille blessée pour *sa bonne*. Béatrice s'est remise de sa blessure et, bien sûr, elle a cru ce qu'on lui disait, à savoir qu'elle était Alice Clayton, la camériste de votre mère. J'imagine que, ces derniers temps, la mémoire a commencé à lui revenir mais que le coup sur la tête, reçu voilà tant d'années, avait fini par lui endommager le cerveau.

Margery le regardait, les yeux emplis d'horreur.

– Elle a tué mère et elle a voulu me tuer... dit-elle dans un souffle.

– Oui, selon toute vraisemblance, dit Mr Satterthwaite. Une seule idée lui était confusément restée gravée dans le cerveau : votre mère et vous, vous l'aviez spoliée de son héritage et refusiez de le lui restituer.

– Mais... mais Clayton est si vieille...

Mr Satterthwaite demeura silencieux tandis qu'une double image se présentait à son esprit : la vieille femme fanée, aux cheveux grisonnants, et la radieuse créature aux cheveux d'or assise au soleil de Cannes. Deux sœurs !

Était-ce possible ? Il se souvint à quel point les filles Barron se ressemblaient, autrefois. Seulement voilà : leurs deux vies avaient suivi des cours différents...

Il secoua la tête, l'esprit hanté par les grandeurs et les misères de la condition humaine.

Se tournant vers Margery, il lui dit avec douceur :

– Nous ferions bien de monter la voir.

Ils trouvèrent Clayton dans le réduit où elle faisait ses travaux de couture. Assise à sa table, elle ne tourna pas la tête à leur entrée et ce, pour une raison que Mr Satterthwaite ne tarda pas à découvrir.

– Crise cardiaque, murmura-t-il en touchant l'épaule raide et glacée. C'est sans doute mieux ainsi.

(Traduction de Gérard de Chergé)

8

LA BEAUTÉ D'HÉLÈNE
(The Face of Helen)

Mr Satterthwaite était à l'Opéra, seul dans sa grande loge du premier balcon. Sur la porte un carton gravé indiquait son nom. Sensible à tous les arts, et capable de les apprécier, Mr Satterthwaite avait un penchant très net pour la bonne musique. Il s'abonnait chaque année aux concerts de Covent Garden, où il retenait une loge le mardi et le vendredi tant que durait la saison.

Mais il lui arrivait rarement de s'y retrouver seul. Grégaire, il aimait recevoir l'élite du grand monde, auquel il appartenait, ainsi que l'aristocratie du milieu artistique, où il se sentait tout aussi à l'aise. S'il était seul, ce soir-là, c'était parce qu'une comtesse lui avait fait faux bond. Belle et admirée, la comtesse demeurait cependant bonne mère. Ses enfants ayant été frappés par ce mal répandu et pénible que sont les oreillons, la comtesse était restée chez elle, en conciliabules éplorés avec des infirmières impeccablement amidonnées. Son mari, à qui elle devait la progéniture sus-mentionnée ainsi que son titre, mais qui était par ailleurs remarquablement insignifiant, avait sauté sur cette occasion de se défiler. Rien ne l'ennuyait davantage que la musique.

Mr Satterthwaite était donc seul. Ce soir-là, on donnait *Cavalleria Rusticana* puis *Paillasse* et, comme il n'avait jamais apprécié le premier, il arriva juste après que le rideau fut tombé sur l'agonie de Santuzza, alors que son regard exercé pouvait encore scruter la salle, puisque les spectateurs n'avaient pas eu le temps d'aller faire des mondanités ou prendre le bar d'assaut. Mr Satterthwaite régla ses jumelles de théâtre, repéra sa proie et se mit en route avec un plan de campagne bien arrêté. Un plan qu'il n'eut pas le loisir de mettre à exécution car, en sortant de sa loge, il entra en collision avec un homme grand et brun, qu'il reconnut avec un agréable frémissement.

– Quinn !

Il s'empara affectueusement de la main de son ami, l'étreignit comme s'il craignait de le voir se volatiliser d'une seconde à l'autre.

– Il faut que vous veniez partager ma loge, décréta-t-il. Vous n'êtes pas avec des amis ?

– Non, je suis seul à l'orchestre, répondit Mr Quinn en souriant.

– Alors c'est réglé, dit Mr Satterthwaite avec un soupir de soulagement.

Un observateur eût sans doute trouvé son comportement presque comique.

– Vous êtes trop aimable, dit Mr Quinn.

– Pas du tout. Le plaisir est pour moi. J'ignorais que vous aimiez la musique.

– J'ai de bonnes raisons de m'intéresser à *Paillasse*.

– Ah ! bien sûr, dit Mr Satterthwaite en hochant la tête d'un air entendu, mais il aurait été bien en peine, si on le lui avait demandé, d'expliquer pourquoi au juste il venait d'employer cette expression. Bien sûr, ajouta-t-il, c'est logique.

Ils regagnèrent la loge dès la première sonnerie et, se penchèrent pour regarder les spectateurs de l'orchestre reprendre leurs places.

– Voilà une bien belle tête, fit soudain observer Mr Satterthwaite.

Avec ses jumelles, il montra un fauteuil d'orchestre, juste sous eux. Il était occupé par une jeune fille dont ils ne pouvaient voir le visage. Seule apparaissait une chevelure d'or pur qui, tel un casque, épousait la forme du crâne, puis se fondait à la blancheur du cou.

– Une tête grecque, murmura Mr Satterthwaite avec vénération. Du plus beau grec. (Il eut un soupir ému.) C'est étonnant, quand on y réfléchit : très peu de gens ont une chevelure qui leur va. Aujourd'hui que tout le monde est coiffé à la garçonne, cela se remarque davantage.

– Vous êtes terriblement observateur, dit Mr Quinn.

– Je vois certaines choses, reconnut Mr Satterthwaite. C'est vrai. Ainsi, j'ai tout de suite remarqué cette tête. Il faudra absolument voir le visage, mais je suis sûr qu'il ne sera pas à la hauteur. Il n'y a pas une chance sur mille.

À peine eut-il prononcé ces mots que la lumière baissa puis s'éteignit. On entendit le claquement sec de la baguette du chef d'orchestre et l'opéra commença. Ce soir-là chantait un ténor que l'on présentait comme un nouveau Caruso. Avec une belle impartialité, les journaux le prétendaient Yougoslave, Tchèque, Albanais, Magyar et Bulgare. Il avait donné un concert extraordinaire à l'Albert Hall, un récital de ballades folkloriques de ses montagnes natales, avec un orchestre composé d'instruments spéciaux. C'étaient des chansons étranges, en demi-ton, que les prétendus mélomanes avaient trouvées sublimes. Les trois musiciens ne se prononcèrent pas, estimant que toute critique était impossible tant que l'oreille ne serait pas exercée et accoutumée. Ce soir-là, certaines personnes constatèrent avec soulagement que Yoaschbim était également capable de chanter en italien ordinaire, tous les sanglots et trémolos requis.

Le rideau tomba sur le premier acte dans un tonnerre d'applaudissements. Mr Satterthwaite se tourna vers Mr Quinn. Voyant qu'il attendait son verdict, il gonfla la poitrine. Après tout, il *savait*. En tant que critique, il était quasiment infaillible.

Très lentement, il hocha la tête.

— C'est du grand art, dit-il.

— Vous croyez ?

— Une voix aussi belle que celle de Caruso. Le public ne s'en apercevra pas tout de suite, car sa technique n'est pas encore parfaite. Il y a des aspérités, les attaques manquent d'assurance. Mais la voix est là, superbe.

— J'ai assisté à son concert à l'Albert Hall, dit Mr Quinn.

— Vraiment ? Je n'ai pas pu y aller.

— Sa *Chanson du Berger* a remporté un succès extraordinaire.

— Les journaux en ont parlé, dit Mr Satterthwaite. Le refrain se termine par une sorte de cri, une note aiguë à mi-chemin entre le « la » et le « si bémol ». Très curieux.

Rappelé trois fois, Yoaschbim salua avec le sourire. La lumière revint et les spectateurs se dirigèrent lentement vers la sortie. Mr Satterthwaite se pencha et regarda la jeune fille aux cheveux d'or. Elle se leva, mit son foulard et pivota sur elle-même.

Mr Satterthwaite en eut le souffle coupé. De tels visages, évidemment, existaient de par le monde : des visages qui faisaient l'histoire.

La jeune fille s'engagea dans l'allée, aux côtés de son jeune compagnon. Mr Satterthwaite remarqua que tous les hommes la regardaient et la suivaient discrètement des yeux.

« La beauté ! se dit Mr Satterthwaite, cela existe bel et bien. Rien à voir avec le charme, la séduction, le magnétisme, toutes ces choses dont nous nous gargarisons... non : la beauté pure. L'ovale d'un visage, la courbe d'un sourcil, la ligne d'un menton. » À mi-voix, il récita : « *Le visage qui sur les mers a lancé un millier de navires.* » Il comprit alors ce que signifiaient ces mots.

Il se tourna vers Mr Quinn. Celui-ci la regardait, et Mr Satterthwaite lut sur son visage une telle complicité qu'il n'éprouva pas le besoin d'exprimer sa pensée. Il se borna à murmurer :

– Je me suis toujours demandé comment étaient vraiment ces femmes.

– Lesquelles ?

– Les Hélène, les Cléopâtre, les Mary Stuart...

Mr Quinn, songeur, hocha la tête.

– Sortons, proposa-t-il. Peut-être pourrons-nous nous faire une idée.

Ils quittèrent la loge, et leur quête fut couronnée de succès. Ils trouvèrent le couple dans l'escalier, assis sur la banquette d'un palier. Mr Satterthwaite remarqua alors le compagnon de l'inconnue, un jeune homme ténébreux qui, sans être beau, semblait habité d'une ardente flamme intérieure. Un visage aux angles bizarres : pommettes saillantes, menton volontaire, légèrement proéminent, yeux profondément enfoncés et étrangement clairs sous des sourcils noirs.

« Visage intéressant, se dit Mr Satterthwaite. Un vrai visage. Avec du caractère. »

Penché, le jeune homme parlait avec animation. La jeune femme l'écoutait. Ils n'appartenaient ni l'un ni l'autre à l'univers de Mr Satterthwaite, qui les classa dans la catégorie des « bohèmes ». La jeune fille portait un informe vêtement en méchante soie verte. Ses mules en satin blanc étaient tachées. Son compagnon ne semblait pas à l'aise dans son smoking.

Les deux amis passèrent et repassèrent devant les jeunes gens. Lors de leur quatrième aller-retour, ils constatèrent qu'une troisième personne avait rejoint le couple : un jeune homme blond dont l'apparence évoquait vaguement un employé de bureau. Son arrivée semblait avoir fait monter la tension. Le nouveau venu tripotait sa cravate, visiblement nerveux. La jeune femme levait son beau visage vers lui, tandis que son compagnon faisait ostensiblement la tête.

– L'éternelle histoire, murmura discrètement Mr Quinn en passant.

– Oui, soupira Mr Satterthwaite. Sans doute est-ce inévitable. Les grondements de deux chiens qui se disputent un os. Cela a toujours été et cela sera toujours. Néanmoins, on peut espérer que cela changera un jour. La beauté...

Il s'interrompit. La beauté, pour Mr Satterthwaite, représentait quelque chose de tout à fait prodigieux. Il lui était difficile d'en parler. Il se tourna vers Mr Quinn, qui hocha gravement la tête, montrant ainsi qu'il comprenait.

Ils regagnèrent leurs places pour le deuxième acte.

La représentation terminée, Mr Satterthwaite se tourna avec empressement vers son ami.

– Il pleut. Je suis en voiture. Permettez-moi de vous déposer... euh... où vous voulez.

Les trois derniers mots étaient l'expression du raffinement de Mr Satterthwaite. « Vous déposer chez vous » aurait, estima-t-il, senti la curiosité, or Mr Quinn faisait toujours des mystères. C'était extraordinaire, mais Mr Satterthwaite ne savait pratiquement rien de lui.

– Peut-être avez-vous également votre voiture ? poursuivit le petit homme.

– Non, répondit Mr Quinn. Je n'ai pas de voiture.

– Eh bien...

Mais Mr Quinn secoua la tête.

– C'est très aimable de votre part, dit-il, mais je préfère rentrer par mes propres moyens. D'ailleurs, ajouta-t-il avec un sourire plutôt bizarre, si quelque chose... devait arriver, ce serait à vous de jouer. Bonsoir et merci. Une fois de plus, nous avons assisté au drame côte à côte.

Il s'en alla si vite que Mr Satterthwaite n'eut pas le temps de protester et resta planté là, une vague sensation d'embarras se faisant jour dans son esprit. À quel drame Mr Quinn faisait-il allusion ? *Paillasse* ou un autre ?

Masters, le chauffeur de Mr Satterthwaite, avait coutume d'attendre dans une rue transversale. Son maître n'aimait pas être retardé par le défilé des voitures qui, à tour de rôle, s'arrêtaient devant l'Opéra. Ainsi qu'il l'avait fait en de précédentes occasions, il tourna rapidement au coin de la rue et se dirigea vers l'endroit où Masters devait l'attendre. Juste devant lui marchaient un homme et une jeune femme ; à peine les eut-il reconnus qu'un autre homme les aborda.

La dispute éclata en une seconde. Voix masculine, enflée par la colère. Autre voix masculine, véhémente et indignée. Puis la bagarre. Coups, halètements, nouveaux coups, silhouette majestueuse d'un agent de police surgi de nulle part... En un instant, Mr Satterthwaite fut aux côtés de la jeune fille, craintivement tassée contre le mur.

– Permettez-moi, dit-il. Il ne faut pas rester ici.

Il la prit par le bras et l'entraîna rapidement. Elle se retourna.

– Je devrais peut-être..., murmura-t-elle d'une voix hésitante.

Mr Satterthwaite secoua la tête.

– Il ne serait pas convenable que vous soyez mêlée à ceci. On vous conduirait probablement au poste de police, vous aussi. Je suis convaincu que vos deux... amis ne le souhaitent ni l'un ni l'autre.

Il s'arrêta.

– Voici ma voiture. Si vous m'y autorisez, je me ferai un plaisir de vous conduire chez vous.

La jeune femme le dévisagea. La respectabilité sans concession de Mr Satterthwaite l'impressionna favorablement. Elle baissa la tête.

– Merci, dit-elle.

Masters lui ouvrit la portière et elle monta en voiture.

En réponse à une question de Mr Satterthwaite, elle donna une adresse à Chelsea et il s'installa à côté d'elle.

Contrariée, la jeune femme n'était pas d'humeur à bavarder, et Mr Satterthwaite avait trop de tact pour troubler le cours de ses pensées. Mais bientôt, elle se tourna vers lui et se mit spontanément à parler.

– Je ne comprends pas, fit-elle avec irritation, que les gens soient si bêtes.

– C'est assommant, en effet, reconnut Mr Satterthwaite.

Cette réponse sans ambiguïté la tranquillisa et elle poursuivit sur sa lancée, comme si elle éprouvait le besoin de se confier :

– Ce n'était pourtant pas... enfin, il faut que je vous explique. Mr Eastney et moi sommes amis depuis longtemps... en fait depuis mon arrivée à Londres. Il s'est donné énormément de mal pour faire connaître ma voix, il m'a présentée à des gens très importants dans le métier... bref, il a été d'une gentillesse à toute épreuve. Il est absolument fou de musique. Son invitation de ce soir était très généreuse. Je suis sûre qu'il n'en a pas vraiment les moyens. Et puis Mr Burns est venu bavarder avec nous, sans arrière-pensées, j'en suis sûre, mais Phil (Mr Eastney) a mal pris la chose. Je ne vois pas pourquoi ; après tout, nous sommes dans un pays libre. Et Mr Burns est toujours charmant, de bonne humeur. Bref, il nous a rattrapés sur le chemin du métro et il n'avait pas dit deux mots que Philip se jetait sur lui comme un dément. Et... Oh ! Cela ne me plaît pas du tout.

— En êtes-vous bien sûre ? s'enquit Mr Satterthwaite d'une voix très douce.

Elle rougit, mais très peu. Elle n'était pas consciente de son pouvoir de séduction. Être l'enjeu d'une bagarre provoquait inévitablement un trouble plutôt agréable... c'était une réaction bien naturelle, mais Mr Satterthwaite décida que la perplexité ainsi que l'inquiétude l'emportaient, et il en eut la confirmation dans l'instant qui suivit, quand elle fit observer, en passant :

— J'espère qu'il ne lui a pas fait de mal.

Mais de quel « lui ? » s'agit-il, se demanda Mr Satterthwaite, souriant dans la pénombre.

Il misa sur sa sagacité et dit :

— Vous espérez que Mr... euh... Eastney n'a pas blessé Mr Burns ?

— Oui, c'est ce que j'ai dit. Je m'en veux. Je ne peux pas rester sans savoir.

La voiture s'arrêta.

— Avez-vous le téléphone ? demanda-t-il.

— Oui.

— Si vous voulez, je vais me renseigner et vous appeler pour vous dire exactement ce qu'il en est.

Le visage de la jeune fille s'éclaira.

— Oh ! ce serait très gentil de votre part. Mais il ne faudrait pas que cela vous dérange.

— Pas le moins du monde.

Elle le remercia et lui donna son numéro de téléphone, ajoutant avec une pointe de timidité :

– Je m'appelle Gillian West.

Tandis que la voiture l'emportait dans la nuit, lié par sa promesse, un sourire singulier se dessina sur les lèvres de Mr Satterthwaite.

« Ainsi donc, pensa-t-il, ce n'est que cela... *L'ovale d'un visage, la ligne d'un menton !* »

Mais il demeura fidèle à sa parole.

Le dimanche suivant, dans l'après-midi, Mr Satterthwaite alla admirer les rhododendrons des Kew Gardens. Il y avait bien longtemps – incroyablement longtemps, semblait-il –, alors que les jacinthes sauvages étaient en fleur, il y avait emmené une jeune femme. Mr Satterthwaite avait préparé avec grand soin ce qu'il dirait à la jeune fille et il savait exactement en quels termes il formulerait sa demande en mariage. Il était justement en train de les répéter mentalement et réagissait d'un air un peu absent au ravissement que les jacinthes provoquaient chez elle, quand le séisme se produisit. La jeune femme cessa de s'extasier sur les fleurs et avoua soudain à Mr Satterthwaite (en sa qualité d'ami fidèle) qu'elle en aimait un autre. Mr Satterthwaite rangea le petit discours qu'il avait préparé et fit hâtivement les fonds de tiroir de son esprit en quête de sympathie et d'amitié.

Telle était l'histoire d'amour de Mr Satterthwaite. Tiède, typique du début de l'époque victorienne, elle lui avait cependant laissé un attachement sentimental pour les Kew Gardens, et il allait souvent y voir les jacinthes ou, lorsqu'il restait à l'étranger plus longtemps que d'habitude, les rhododendrons. À sa façon démodée et romanesque, il savourait ces promenades qui lui donnaient l'occasion de soupirer intérieurement et de se laisser aller à faire du sentiment.

Cet après-midi là, sur le chemin du retour, il passait tranquillement devant les salons de thé quand il s'aperçut qu'il connaissait un couple qui occupait une des petites tables disséminées sur la pelouse. C'étaient Gillian West et le jeune homme blond, qui le reconnurent en même temps que lui. Il vit la jeune fille rougir et donner rapidement des explications à son compagnon. Quelques instants plus tard, il les salua avec sa courtoisie habituelle, un peu compassée, et accepta leur invitation, timidement formulée, à prendre le thé avec eux.

— Vous ne pouvez pas savoir, dit Mr Burns, à quel point je vous suis reconnaissant de vous être occupé de Gillian l'autre soir. Elle m'a tout raconté.

— Oui, c'est vrai, vous avez été si gentil, ajouta la jeune femme.

Ces remerciements firent plaisir à Mr Satterthwaite. Ce couple l'intéressait. Leur naïveté, leur sincérité le touchaient. En outre, c'était l'occasion de risquer un œil dans un univers qui ne lui était pas familier. Ces jeunes gens appartenaient à une classe sociale dont il ignorait tout.

Sous ses dehors un peu desséchés, Mr Satterthwaite savait écouter. Il eut tôt fait de tout savoir sur ses nouveaux amis. Il remarqua que Mr Burns était devenu «Charlie», et il ne fut pas trop surpris d'apprendre que les deux jeunes gens étaient fiancés.

— En fait, dit Mr Burns avec une candeur rafraîchissante, ça s'est décidé cet après-midi. Pas vrai, Gil ?

Burns était employé dans une compagnie de navigation. Il gagnait bien sa vie, possédait un peu d'argent, et les deux jeunes gens envisageaient de se marier très vite.

Mr Satterthwaite écouta, acquiesça et félicita.

«Un jeune homme ordinaire, songea-t-il. Un jeune homme tout à fait ordinaire. Gentil, honnête, plein de qualités, ce garçon a une bonne opinion de lui-même sans être pour autant prétentieux, séduisant mais pas spectaculaire. Il n'a rien de remarquable et n'a pas inventé le fil à couper le beurre. Et la petite l'aime... »

À voix haute, il dit :

– Et Mr Eastney...

Il s'interrompit à dessein, mais il en avait dit assez pour provoquer une réaction qui ne le prit pas complètement au dépourvu. Le visage de Charlie Burns se ferma et Gillian parut troublée. Plus que troublée, même : effrayée.

– Je n'aime pas du tout cela, dit-elle à voix basse.

Ses paroles s'adressaient à Mr Satterthwaite, comme si elle sentait d'instinct qu'il était capable de comprendre un sentiment qui échappait à son amoureux.

– Voyez-vous, il a fait beaucoup pour moi. Il m'a encouragée à chanter, et... et il m'a aidée. Mais j'ai toujours su que ma voix n'était pas vraiment bonne... enfin, pas exceptionnelle. Bien sûr, j'ai eu des engagements...

Elle s'interrompit.

– Mais tu as aussi eu des ennuis, dit Burns. Les femmes ont besoin d'être protégées. Gillian a eu de nombreuses mauvaises surprises, Mr Satterthwaite. Somme toute, beaucoup de mauvaises surprises. Elle est jolie, comme vous pouvez le constater, et... ma foi, cela crée souvent des problèmes aux femmes.

À eux deux, ils éclairèrent Mr Satterthwaite sur la nature des épisodes que Burns classait vaguement dans la rubrique des « mauvaises surprises » : le suicide d'un jeune homme qui s'était brûlé la cervelle, le comportement inqualifiable d'un directeur de banque – marié, de surcroît ! –, la passion belliqueuse d'un étranger – qui devait être timbré ! –, l'attitude aberrante d'un vieil artiste peintre... Charles Burns égrena avec platitude la litanie des violences et tragédies que Gillian West avait laissées dans son sillage.

– Et selon moi, conclut-il, ce Eastney est fêlé, lui aussi.

38

Gillian aurait fini par avoir des ennuis avec lui si je n'avais pas décidé de la protéger.

Il eut un rire que Mr Satterthwaite trouva un peu fort ; la jeune fille, elle, ne sourit pas. Elle fixait Mr Satterthwaite avec intensité.

– Phil est un brave garçon, dit-elle d'une voix lente. Il m'aime, je le sais, et je l'aime aussi... mais comme un ami, rien de plus. Je me demande bien comment il va prendre la nouvelle, pour Charlie. Il... J'ai terriblement peur qu'il...

Elle se tut, incapable d'exprimer les dangers qu'elle percevait confusément.

– Si je puis vous aider en quoi que ce soit, dit vivement Mr Satterthwaite, je suis à vos ordres.

Il aurait bien voulu que le visage de Charlie Burns se ferme, même un tout petit peu, mais Gillian s'empressa de dire :

– Merci.

Mr Satterthwaite prit congé de ses nouveaux amis après avoir promis d'aller prendre le thé chez Gillian le jeudi suivant.

Le jour dit, Mr Satterthwaite était tout émoustillé. « Je suis vieux, songea-t-il, mais pas encore assez pour ne plus vibrer devant un visage. Un visage... » Il secoua la tête, en proie à un sombre pressentiment.

Gillian était seule. Charlie Burns viendrait plus tard. Mr Satterthwaite trouva la jeune fille beaucoup plus enjouée, comme si elle était soulagée d'un grand poids. Elle le reconnut d'ailleurs franchement :

– J'avais très peur d'annoncer mes fiançailles à Phil, mais c'était stupide de ma part. C'était mal le connaître. Ça l'a contrarié, bien sûr, mais il a été adorable. Vraiment très gentil. Regardez ce qu'il m'a envoyé ce matin, un cadeau de mariage. N'est-ce pas somptueux ?

C'était somptueux, en effet, pour un jeune homme dans

la situation financière de Philip Eastney : un poste de TSF à quatre lampes, du dernier modèle.

– Nous partageons le même amour de la musique, vous comprenez, expliqua la jeune fille. Il m'a dit que, chaque fois que j'écouterais un concert à la radio, je penserais un peu à lui. Et je suis sûre qu'il a raison. Car nous avons été très proches.

– Vous devez être fière de votre ami, dit Mr Satterthwaite avec gentillesse. Il a été beau joueur, semble-t-il.

Gillian inclina la tête. Ses yeux s'emplirent de larmes.

– Il m'a demandé une faveur... Ce soir, voyez-vous, ce sera l'anniversaire de notre première rencontre. Il m'a demandé de rester tranquillement chez moi et d'écouter le programme de la radio... de ne pas sortir avec Charlie. J'ai accepté, bien sûr. Je lui ai dit que j'étais très touchée et que je penserais à lui avec beaucoup de reconnaissance et d'affection.

Mr Satterthwaite acquiesça, mais il était troublé. Il se trompait rarement dans ses jugements et trouvait que cette requête sentimentale ne correspondait pas du tout à la personnalité de Philip Eastney. Gillian, en revanche, trouvait manifestement cette idée tout à fait conforme au caractère de son amoureux évincé. Mr Satterthwaite fut un peu, un tout petit peu, déçu. Lui-même était sentimental, et le savait, mais il attendait mieux de ses semblables. En outre, la sentimentalité était l'apanage des gens de son âge. Elle n'avait aucun rôle à jouer dans le monde moderne.

Il demanda à Gillian de chanter, ce qu'elle fit. Il affirma qu'elle avait une voix charmante mais il savait très bien, au fond, qu'elle était de second ordre. Les succès qu'elle avait connus dans la profession qu'elle s'était choisie, étaient dus à son visage, pas à sa voix.

N'étant pas particulièrement désireux de revoir le jeune Burns, il se leva et prit congé. C'est alors qu'il remarqua, sur la cheminée, un objet qui tranchait sur le reste comme une pierre précieuse sur un tas de poussière.

C'était un vase à long col, en verre très fin, de forme gracieusement incurvée, sur le bord duquel était perchée une boule de verre irisé qui évoquait une énorme bulle de savon. Son intérêt n'échappa pas à Gillian.

– C'est l'autre cadeau de mariage de Phil. Je le trouve plutôt joli. Phil travaille dans un genre de verrerie.

– C'est un objet superbe, dit Mr Satterthwaite avec une admiration mêlée de respect. Les verriers de Murano pourraient être fiers d'une telle pièce.

Il s'en alla, plus intrigué que jamais par Philip Eastney. Extraordinairement intéressant, ce garçon. Pourtant, la jeune fille au si beau visage lui préférait Charlie Burns... Quel univers étrange, inexplicable !

Mr Satterthwaite s'avisa tout à coup que la beauté remarquable de Gillian West avait peut-être gâché sa soirée avec Mr Quinn. Jusqu'à présent, en effet, chacune de ses rencontres avec ce personnage énigmatique avait donné lieu à un événement étrange, imprévisible. Ce fut donc avec l'espoir de tomber sur cet homme de mystère que Mr Satterthwaite dirigea ses pas vers l'*Arlecchino*, restaurant où, dans un passé lointain, il avait un jour rencontré Mr Quinn, qui avait déclaré le fréquenter.

Sans se décourager, Mr Satterthwaite visita toutes les salles de l'*Arlecchino*, mais n'y aperçut pas le visage ténébreux et souriant de Mr Quinn. En revanche, il reconnut quelqu'un d'autre : Philip Eastney, seul à une petite table.

Le restaurant était plein et Mr Satterthwaite s'installa en face du jeune homme. Il éprouva soudain un étrange sentiment d'exultation, comme s'il venait de pénétrer dans la dimension surnaturelle des événements. Il ignorait de quoi il s'agissait, mais il en faisait partie. Il comprit alors ce que Mr Quinn avait voulu dire, l'autre soir à l'Opéra. Un drame se nouait et Mr Satterthwaite y jouait un rôle important. Il devait veiller à donner correctement ses répliques.

Lorsqu'il s'assit en face de Philip Eastney, il eut l'impression de se soumettre à l'inéluctable. Il n'eut aucune difficulté à engager la conversation. Eastney semblait avoir envie de parler. Mr Satterthwaite fut, comme toujours, un auditeur encourageant et compréhensif. Ils parlèrent de la guerre, d'explosifs, de gaz de combat. Eastney connaissait très bien ces derniers, car, pendant la plus grande partie de la guerre, il avait participé à leur fabrication. Mr Satterthwaite écouta avec un vif intérêt.

Il existait un gaz, selon Eastney, qui n'avait jamais été employé. L'armistice était intervenu trop tôt. On fondait de grands espoirs sur lui. La moindre bouffée était mortelle. Emporté par son sujet, Eastney s'anima.

Ayant rompu la glace, Mr Satterthwaite orienta adroitement la conversation sur la musique. Le maigre visage d'Eastney s'éclaira. Il se mit à parler avec la passion et l'exubérance d'un véritable amoureux de la musique. Ils discutèrent de Yoaschbim que le jeune homme trouvait formidable. Mr Satterthwaite et lui tombèrent d'accord pour affirmer que rien sur terre ne vaut une belle voix de ténor. Enfant, Eastney avait entendu Caruso et n'avait jamais oublié.

– Savez-vous que sa voix pouvait même briser un verre ? s'enquit-il.

– J'ai toujours cru que c'était une légende, répondit Mr Satterthwaite avec un sourire.

– Non, c'est sûrement authentique. Cela n'a rien d'impossible. C'est un problème de vibrations.

Il se lança alors dans des explications techniques. Il était rouge, ses yeux étincelaient. Le sujet semblait le fasciner, et il le possédait sur le bout du doigt. Mr Satterthwaite comprit qu'il avait affaire à un cerveau exceptionnel, un cerveau qu'on aurait presque pu qualifier de génial. Brillant, fantasque, encore hésitant sur la voie à suivre, mais indubitablement génial.

Il pensa alors à Charlie Burns et s'interrogea sur Gillian West.

Il s'aperçut soudain qu'il n'avait pas vu le temps passer et demanda l'addition. Eastney parut un peu confus.

— J'ai honte de m'être imposé de cette façon. Mais c'est un heureux hasard qui vous a conduit ici. Je... j'avais besoin de parler à quelqu'un, ce soir.

Il ponctua son discours d'un petit rire bizarre. Ses yeux flamboyaient encore comme sous l'effet de la passion contenue. Pourtant, il y avait chez lui un côté tragique.

— Ce fut un plaisir, dit Mr Satterthwaite. J'ai trouvé notre conversation fort intéressante et instructive.

Il s'inclina poliment, ce qu'il ne manquait jamais de faire, puis quitta le restaurant. Tandis qu'il s'éloignait à pas lents dans la nuit tiède, une idée singulière lui traversa l'esprit. Il eut l'impression qu'il n'était pas seul... que quelqu'un marchait à ses côtés. En vain tenta-t-il de se convaincre qu'il s'agissait d'une illusion ; le phénomène persista. Quelqu'un marchait près de lui, dans cette rue nocturne et silencieuse, quelqu'un qu'il ne pouvait voir. Il ne comprit pas pourquoi Mr Quinn lui apparut aussi clairement. Il aurait juré que Mr Quinn était à ses côtés ; pourtant, ses yeux pouvaient aisément lui confirmer que tel n'était pas le cas, qu'il était bien seul.

Mais l'image de Mr Quinn demeura, bientôt accompagnée d'autre chose : une sensation de nécessité, d'urgence, le sentiment oppressant qu'une catastrophe imminente allait se produire. Il devait agir – et vite. Quelque chose allait de travers et il ne tenait qu'à lui d'y remettre de l'ordre.

L'impression était si forte que Mr Satterthwaite s'abstint de la combattre. Il ferma les yeux pour tenter de préciser l'image mentale de Mr Quinn. Si seulement il avait pu lui demander... mais à l'instant-même où cette idée lui traversa l'esprit, il comprit qu'elle était mauvaise. Interroger Mr Quinn se révélait toujours inutile. Mr Quinn donnait des réponses du genre : « Tous les éléments sont entre vos mains... »

Les éléments... Les éléments de quoi ? Il analysa soigneusement ses sensations et impressions. Ce pressentiment de danger, par exemple... Qui menaçait-il ?

Une image lui apparut aussitôt : Gillian West écoutant la radio, seule.

Un crieur de journaux passait par là ; Mr Satterthwaite lui lança un penny et s'empara avidement d'un journal. Il l'ouvrit immédiatement à la page du programme radiophonique de Londres. Il y avait un concert de Yoaschbim ce soir-là. Intéressant... Il chantait le *Demeure chaste et pure*, extrait de *Faust*, et quelques-unes de ses ballades folkloriques : *La Chanson du Berger, Le Poisson, La Petite Biche*, etc.

Mr Satterthwaite froissa le journal. Le fait de savoir ce qu'écoutait Gillian parut rendre son image plus nette. Seule chez elle...

Bizarre, cette faveur que Philip Eastney lui avait demandée. Elle ne lui ressemblait pas. Pas du tout. Il n'y avait aucune sentimentalité chez Eastney. C'était un homme au tempérament violent, peut-être même un homme dangereux...

Une nouvelle fois, sa réflexion progressa d'un seul coup. Un homme dangereux voilà qui était significatif. *« Tous les éléments sont entre vos mains. »* Singulière, au fond, cette rencontre avec Philip Eastney, ce soir. Un heureux hasard, avait dit Eastney. Etait-ce vraiment le hasard ? Ou bien relevait-elle de cette dimension surnaturelle dont Mr Satterthwaite avait pris conscience une ou deux fois au cours de la soirée ?

Il tenta de se remémorer sa conversation avec Eastney.

Il y avait forcément là un *signe*, un indice quelconque ; sinon, pourquoi éprouverait-il cet étrange sentiment d'urgence ? De quoi avait parlé Eastney ? De chant... d'industrie de guerre... de Caruso...

Caruso... Les pensées de Mr Satterthwaite suivirent cette pente. La voix de Yoaschbim était pratiquement l'égale de celle de Caruso. En cet instant même, Gillian devait l'écouter, cette voix, juste et puissante, qui se répercutait aux quatre coins de la pièce, faisait vibrer la verrerie...

Il retint son souffle. La verrerie qui vibre ! La voix de Caruso qui fait voler un verre en éclats. Yoaschbim qui chante dans le studio de Londres et dans un appartement, à plus d'un kilomètre de là, un tintement cristallin... pas un verre, mais un vase très fin. Une bulle en cristal qui tombe, une bulle qui, peut-être, n'est pas vide...

Ce fut à cet instant que Mr Satterthwaite, aux yeux des passants, devint fou. Dépliant fébrilement le journal, il jeta un bref coup d'œil sur les programmes et se mit à courir dans la rue silencieuse, comme s'il avait la mort aux trousses. Au croisement, il héla un taxi en maraude, sauta dedans et hurla une adresse au chauffeur, en précisant bien que c'était une question de vie ou de mort. Le chauffeur le jugea détraqué, mais riche, et fit tout son possible pour le satisfaire.

Mr Satterthwaite se laissa aller contre la banquette. Dans sa tête se mêlaient confusément des idées sans suite, des lambeaux de connaissances scientifiques scolaires, des phrases prononcées ce soir-là par Eastney. Vibrations... périodes propres... si la période de la force coïncide avec la période propre... une histoire de pont suspendu sur lequel défilaient des soldats, la cadence de leur pas étant la même que la période du pont... Eastney avait étudié la question. Eastney savait. Et Eastney était un génie.

L'émission consacrée à Yoaschbim devait débuter à

22 h 45. À l'instant-même. Oui, mais logiquement, elle commencerait par l'air de *Faust*. C'était *La Chanson du Berger*, avec le grand cri à la fin du refrain, qui... qui... qui quoi ?

Son esprit se remit à tourner en rond. Tons, harmoniques, demi-tons. Il ne connaissait pas grand-chose à toutes ces choses-là... mais Eastney, lui, savait. Fasse le ciel qu'il arrive à temps !

Le taxi s'arrêta. Mr Satterthwaite bondit sur le trottoir et, tel un jeune athlète, grimpa l'escalier quatre à quatre. Au deuxième étage, la porte de l'appartement était entrebâillée. Il la poussa. La superbe voix du ténor l'accueillit. Les paroles de *La Chanson du Berger* lui étaient familières, tout au moins dans un arrangement plus conventionnel.

Vois, berger, ces chevaux crinière au vent...

Juste à temps. Il poussa brutalement la porte du salon. Gillian était dans un fauteuil à haut dossier, près de la cheminée.

Bayra Mischa marie sa fille en ce jour,
À la noce, mon ami, de ce pas je cours.

Elle dut croire qu'il était devenu fou. Criant des paroles incompréhensibles, il se saisit d'elle et l'entraîna sur le palier.

À la noce, mon ami, de ce pas je cours,
Yaha !

Parfaitement juste, une aiguë pleine, ravissante, jaillit, une aiguë dont un chanteur pouvait être fier. Un autre son l'accompagna : un léger tintement de verre brisé.

Passant devant eux comme une flèche, un chat errant entra dans l'appartement. Gillian esquissa un mouvement, mais Mr Satterthwaite la retint, marmonnant des paroles incohérentes :

– Non, non... c'est la mort assurée : pas d'odeur, pas d'avertissement. Une simple bouffée, et c'est fini. On ne sait pas au juste à quel point c'est mortel. Ça ne ressemble à rien de connu.

Il répétait ce que Philip Eastney lui avait expliqué, pendant le dîner.

Gillian le dévisagea, incrédule.

Philip Eastney regarda sa montre. Pile 23 h 30. Cela faisait trois quarts d'heure qu'il arpentait l'Embankment. Il regarda le fleuve, se retourna et se trouva nez à nez avec son compagnon de table.

– C'est curieux, dit-il en riant. Le Destin veut vraiment que nous nous rencontrions, ce soir.

– Si on peut appeler cela Destin, dit Mr Satterthwaite.

Philip Eastney le considéra plus attentivement et, cette fois, son expression se modifia.

– Oui ? dit-il posément.

Mr Satterthwaite alla droit au but.

– J'arrive de chez miss West.

– Oui ?

La même voix, le même calme implacable.

– Nous avons trouvé... un chat mort dans l'appartement.

Silence. Puis :

– Qui êtes-vous ? demanda Eastney.

Mr Satterthwaite parla longuement. Il exposa toute la genèse des événements.

– Et, voyez-vous, je suis arrivé à temps, conclut-il.

Il s'interrompit, puis ajouta d'une voix très douce :

– Avez-vous... quelque chose à dire ?

Il s'attendait à une réaction quelconque : une explosion de colère, des justifications enflammées. Rien ne vint.

— Non, répondit tranquillement Philip Eastney, avant de tourner les talons et de s'éloigner.

Mr Satterthwaite le suivit des yeux jusqu'à l'instant où il disparut dans les ténèbres. Bizarrement, il ne pouvait s'empêcher d'admirer Eastney, comme l'artiste admire un autre artiste, le sentimental l'amant en titre et l'individu ordinaire le génie.

Au bout d'un moment, il chassa sa rêverie et se mit en marche dans la direction qu'avait prise Eastney. Le brouillard se faisait plus dense. Il croisa bientôt un agent de police qui lui adressa un regard méfiant.

— Avez-vous entendu une sorte de *plouf!* tout à l'heure ? demanda l'agent.

— Non, répondit Mr Satterthwaite.

L'agent de police scruta les eaux de la Tamise.

— Sans doute encore un suicide, grogna-t-il, découragé. Ça n'arrête pas.

— Je suppose, dit Mr Satterthwaite, que ceux qui font cela ont leurs raisons.

— L'argent, la plupart du temps. Quelquefois une femme, fit-il en s'éloignant. Ce n'est pas toujours leur faute, mais il y a des femmes qui causent bien des problèmes.

— Il y a des femmes... répéta Mr Satterthwaite à voix basse.

Après le départ de l'agent de police, il s'assit sur un banc, dans le brouillard et songea à Hélène de Troie. Il se demanda si c'était une femme agréable, ordinaire et, son beau visage, une chance ou une malédiction ?

(Traduction de Daniel Lemoine)

9

L'ARLEQUIN MORT
(*The Dead Harlequin*)

Mr Satterthwaite remontait lentement Bond Street, profitant du soleil. Scrupuleusement élégant, comme toujours, il se rendait à la Galerie Harchester, où étaient exposées les œuvres d'un certain Frank Bristow, peintre encore inconnu mais qui semblait bien parti pour faire une carrière. Mr Satterthwaite était un protecteur des arts.

Lorsqu'il entra dans la galerie, il fut accueilli avec le sourire de bienvenue réservé aux personnalités.

– Bonjour, Mr Satterthwaite, je pensais bien que nous ne tarderions pas à vous voir. Connaissez-vous le travail de Bristow ? Bon, très bon même. Tout à fait unique en son genre.

Mr Satterthwaite acheta le catalogue et franchit le passage voûté donnant sur la longue salle où les œuvres étaient exposées. Il s'agissait d'aquarelles, exécutées avec une technique et une précision si extraordinaires qu'elles faisaient penser à des gravures en couleurs. Mr Satterthwaite fit lentement le tour de la salle, attentif, et, dans l'ensemble, approbateur. À son avis, ce jeune homme méritait de réussir. Originalité, inspiration ainsi que technique très stricte et rigoureuse, les trois conditions étaient réunies. Il y avait des maladresses, évidemment. C'était tout à fait logique. Mais il y avait aussi quelque chose qui ressemblait beaucoup au génie. Mr Satterthwaite s'arrêta devant un petit chef-d'œuvre représentant le pont de Westminster avec ses autobus, ses tramways et sa foule de piétons pressés. De petites dimensions, il était d'une perfection merveilleuse. Il s'appelait, remarqua-t-il : *La*

Fourmilière. Il poursuivit sa visite et s'immobilisa soudain, subjugué, fasciné, le souffle coupé.

L'aquarelle s'intitulait *L'Arlequin mort.* On voyait, au premier plan, un dallage en marbre composé de carrés noirs et blancs. Au milieu du dallage gisait Arlequin, sur le dos, bras écartés, dans son costume noir et rouge. Au fond se trouvait une fenêtre derrière laquelle la silhouette du même Arlequin, se découpant sur la lueur rougeoyante du soleil couchant, regardait fixement le corps étendu sur le dallage.

Cette œuvre passionna Mr Satterthwaite pour deux raisons, la première était qu'il reconnut, ou crut reconnaître, le personnage. Il ressemblait incontestablement à un certain Mr Quinn, que Mr Satterthwaite avait rencontré à plusieurs reprises dans des circonstances plus ou moins déroutantes.

– Je ne me trompe pourtant pas, murmura-t-il. Mais alors... qu'est-ce que cela veut dire ?

Car Mr Satterthwaite savait par expérience que toutes les apparitions de Mr Quinn avaient une signification précise.

La deuxième raison était le décor.

– Le jardin d'hiver de Charnley, dit-il. Curieux... et très intéressant.

Il regarda l'œuvre plus attentivement, dans l'espoir de pénétrer l'intention de l'artiste. Un Arlequin mort sur le dallage, un autre Arlequin regardant par la fenêtre... à moins que ce ne soit le même ? Il s'éloigna lentement et passa devant les autres aquarelles sans les voir, l'esprit toujours occupé par le même sujet. Il était troublé. La vie, qui lui avait semblé un peu grise au matin, ne l'était plus du tout. Des événements passionnants allaient se produire, cela ne faisait aucun doute. Il gagna la table derrière laquelle trônait Mr Cobb, dignitaire de la Galerie Harchester qu'il connaissait depuis de nombreuses années.

– J'ai bien envie d'acheter le numéro 39, dit-il, s'il n'est pas déjà vendu.

Mr Cobb consulta un registre.

– Le meilleur du lot, murmura-t-il. Un vrai petit bijou, n'est-ce pas ? Non, il n'est pas vendu. (Il indiqua un prix.) C'est un bon placement, Mr Satterthwaite. D'ici un an, il vaudra trois fois plus cher.

– C'est toujours ce que l'on dit dans ces circonstances, fit observer Mr Satterthwaite avec un sourire.

– Me suis-je déjà trompé ? s'enquit Mr Cobb. Si vous vouliez vendre votre collection, Mr Satterthwaite, je suis convaincu que toutes vos toiles feraient plus que ce que vous les avez payées.

– J'achète cette aquarelle, dit Mr Satterthwaite. Je vais vous faire un chèque.

– Vous ne le regretterez pas. Nous croyons en Bristow.

– Est-il jeune ?

– Vingt-sept ou vingt-huit ans.

– J'aimerais faire sa connaissance, dit Mr Satterthwaite. Accepterait-il de dîner chez moi un soir ?

– Je vais vous donner son adresse. Je suis sûr qu'il sautera sur l'occasion. Vous avez un nom dans le monde des arts.

– Vous me flattez, dit Mr Satterthwaite, mais Mr Cobb l'interrompit :

– Tenez, le voilà justement. Je vais vous présenter tout de suite.

Il se leva. Suivi de Mr Satterthwaite, il se dirigea vers un robuste jeune homme à l'air emprunté, adossé au mur, qui toisait le monde, retranché derrière la barricade de sourcils férocement froncés.

Mr Cobb fit les présentations nécessaires et Mr Satterthwaite prononça quelques paroles aussi aimables que conventionnelles.

– Je viens d'avoir le plaisir d'acquérir une de vos aqua-relles... *L'Arlequin mort*.

– Oh ! vous n'y perdrez pas, répliqua Mr Bristow avec brusquerie. Ce n'est pas à moi de le dire, mais c'est du sacré bon boulot.

– J'ai vu cela tout de suite, affirma Mr Satterthwaite. Votre œuvre m'intéresse beaucoup, Mr Bristow. Elle est extraordinairement mûre, compte tenu de votre jeune âge. Me feriez-vous le plaisir de venir dîner chez moi ? Êtes-vous pris ce soir ?

– Il se trouve que non, répondit Mr Bristow sans ama-bilité excessive.

– Dans ce cas, disons 8 heures, proposa Mr Satterth-waite. Voici ma carte avec mon adresse.

– Bon, d'accord, dit Mr Bristow. Merci, ajouta-t-il, s'étant sans doute souvenu que cela se fait.

« Voilà un jeune homme qui a une piètre opinion de lui-même et redoute que les autres ne la partagent » : tel fut le diagnostic de Mr Satterthwaite, lorsqu'il sortit dans le soleil de Bond Street, et les jugements de Mr Satterth-waite sur ses semblables se révélaient rarement erronés.

Lorsque Frank Bristow arriva, avec cinq petites minutes de retard, son hôte l'attendait en compagnie d'un autre invité qu'il lui présenta comme étant le colonel Monckton. Ils passèrent presque immédiatement dans la salle à manger. Un quatrième couvert était mis sur la table ovale en acajou, ce que Mr Satterthwaite crut devoir expliquer.

– J'attendais plus ou moins mon ami Mr Quinn, dit-il. Peut-être le connaissez-vous... Mr Harley Quinn ?

– Je ne vois personne, grogna Bristow.

Le colonel Monckton considéra l'artiste avec le même intérêt détaché qu'il aurait accordé à une nouvelle espèce de méduse. Mr Satterthwaite s'employa à soutenir la conversation sur un mode amical.

– Si votre aquarelle a suscité mon intérêt, dit-il, c'est

parce que j'ai cru reconnaître le décor : le jardin d'hiver de Charnley... Avais-je raison ? (Le peintre hocha la tête.) C'est très curieux. J'ai moi-même fait plusieurs séjours à Charnley. Peut-être connaissez-vous la famille ?

– Absolument pas ! répliqua Bristow. Ce genre de famille se fiche des gens comme moi. J'y suis allé en autocar.

– Pas possible ? dit le colonel Monckton, histoire de dire quelque chose. En autocar ? Pas possible !

Frank Bristow le foudroya du regard.

– Et pourquoi pas ? s'enquit-il, menaçant.

Le malheureux colonel Monckton fut interloqué. Il adressa un regard de reproche à Mr Satterthwaite, comme pour dire : « Ces formes de vie primitive intéressent peut-être le naturaliste que vous êtes, mais *pourquoi* m'entraîner là-dedans ? »

– Les autocars sont une vraie plaie ! fit-il. On n'arrête pas d'être secoué.

– Quand on ne peut pas se payer une Rolls Royce, on est bien obligé de voyager en autocar, déclara Bristow sur un ton sans réplique.

Le colonel Monckton le regarda fixement. Mr Satterthwaite pensa : « Si je ne réussis pas à mettre ce jeune homme à l'aise, nous allons passer une soirée très pénible. »

– Charnley m'a toujours fasciné, dit-il. Je n'y suis allé qu'une fois depuis la tragédie. Une demeure sinistre et qu'on croirait hantée.

– C'est vrai, admit Bristow.

– En fait, intervint Monckton, il y a deux fantômes authentiques. On raconte que Charles Ier fait les cent pas sur la terrasse, sa tête sous le bras... mais j'ai oublié pourquoi. Et puis il y a la Pleureuse à l'Aiguière d'Argent, qui apparaît à chaque fois que meurt un Charnley.

– Ridicule ! ironisa Bristow.

Mr Satterthwaite s'empressa d'intervenir :

– En tout cas, c'est une famille qui n'a pas eu de chance. Quatre détenteurs du titre sont décédés de mort violente, et feu lord Charnley s'est suicidé.

– Une histoire effroyable, fit Monckton avec gravité. J'étais là quand c'est arrivé.

– Voyons... cela doit faire quatorze ans, dit Mr Satterthwaite. La maison est restée fermée depuis.

– Ce n'est pas surprenant, dit Monckton. Le choc a dû être terrible pour la jeune femme. Ils étaient mariés depuis un mois et revenaient juste de voyage de noces. Grand bal costumé pour fêter leur retour. Alors que les premiers invités arrivaient, Charnley s'est enfermé dans le petit salon en chêne et s'est tué d'un coup de pistolet. Ce sont des choses qui ne se font pas. Euh... Je vous demande pardon ?

L'espace d'un instant, il avait brusquement tourné la tête à gauche. Il haussa les épaules et adressa un sourire confus à Mr Satterthwaite.

– J'ai dû boire un coup de trop, Satterthwaite, reprit-il. J'ai cru un instant qu'il y avait quelqu'un sur cette chaise vide et qu'il me parlait.

Après une brève pause, il poursuivit son récit :

– Oui, Alix Charnley a été terriblement secouée. C'était une très jolie fille, débordante de joie de vivre, comme on dit. Aujourd'hui, il paraît que ce n'est plus qu'un fantôme. Remarquez, il y a des années que je ne l'ai pas vue. Je crois qu'elle passe le plus clair de son temps à l'étranger.

– Et le fils ?

– Il est à Eton. J'ignore ce qu'il fera quand il atteindra sa majorité, mais je doute qu'il rouvre la propriété.

– On pourrait y faire un beau parc d'attractions populaire, suggéra Bristow.

Le colonel Monckton lui adressa un regard de froide hostilité.

– Non, non, vous ne pensez pas sérieusement cela, dit Mr Satterthwaite. Si tel était le cas, vous n'auriez pas peint cette aquarelle. La tradition, l'atmosphère sont des choses intangibles. Il faut des siècles pour les créer et, lorsqu'on les détruit, on ne peut les reconstituer en vingt-quatre heures.

Il se leva.

– Allons au fumoir, conclut-il. J'ai des clichés de Charnley que je voudrais vous montrer.

Un des passe-temps favoris de Mr Satterthwaite était la photographie d'amateur. Il était en outre l'heureux auteur d'un livre : « Les Demeures de mes Amis ». Les amis en question étaient tous des personnages en vue, et le livre lui-même présentait Mr Satterthwaite sous un jour très snob qui ne lui rendait pas entièrement justice.

– Voici une vue du jardin d'hiver que j'ai prise l'an dernier, dit-il, la donnant à Bristow. Comme vous pouvez le constater, on le voit presque sous le même angle que sur votre aquarelle. Ce tapis est magnifique, dommage que les photographies ne reproduisent pas les couleurs.

– Je me souviens de lui, dit Bristow. Une couleur merveilleuse, flamboyante. Mais il est un peu déplacé à cet endroit. Sa taille ne convient pas à cette grande pièce au dallage noir et blanc, d'autant qu'il n'y a pas d'autre tapis. Il détruit l'harmonie de l'ensemble : on dirait une énorme flaque de sang.

– C'est peut-être cela qui vous a inspiré votre aquarelle ? dit Mr Satterthwaite.

– Peut-être, fit pensivement Bristow. En fait, on serait plutôt tenté d'imaginer une tragédie dans la petite pièce lambrissée qui se trouve juste à côté.

– Le salon en chêne, dit Monckton. Oui, c'est la pièce hantée, tout à fait exact. Elle comporte une cachette de prêtre : un panneau amovible, près de la cheminée, derrière lequel se dissimulaient autrefois les prêtres catholiques proscrits. La légende veut que Charles Ier s'y soit un jour réfugié. Dans cette pièce, deux personnes ont été tuées en duel. Et c'est là, comme je vous l'ai dit, que Reggie Charnley s'est suicidé.

Il prit la photographie.

— Ma parole, c'est le tapis de Boukhara ! reprit-il. Une pièce qui vaut plusieurs milliers de livres, aucun doute. À l'époque où je suis allé à Charnley, il était dans le salon en chêne... la place qui lui revient. Il a l'air ridicule sur cette immense étendue de dallage en marbre.

Mr Satterthwaite regardait le fauteuil vide qu'il avait tiré près du sien. Il dit, pensif :

— Je me demande quand on l'a déplacé ?

— Ce doit être récent... Tenez, je me rappelle avoir parlé de ce tapis le jour même du drame. Charnley disait qu'il aurait fallu le mettre sous verre.

Mr Satterthwaite secoua la tête.

— La maison a été fermée aussitôt après le drame, et tout est resté exactement en l'état.

Bristow, qui avait renoncé à son attitude agressive, demanda alors :

— Pourquoi lord Charnley s'est-il suicidé ?

Gêné, le colonel Monckton changea de position dans son fauteuil.

— Personne ne le sait, fit-il.

— Je présume, dit prudemment Mr Satterthwaite, que c'était un suicide.

Ébahi, le colonel se tourna vers lui.

— Un suicide, dit-il. C'était un suicide, naturellement. Mon cher ami, j'étais personnellement sur les lieux.

Mr Satterthwaite regarda le fauteuil vide, près de lui, et, souriant vaguement comme d'une plaisanterie que les autres ne pouvaient percevoir, dit tranquillement :

– Parfois, on comprend mieux les événements quand on les examine avec le recul du temps.

– Ridicule ! s'écria Monckton. D'un ridicule achevé ! Comment pourrait-on mieux comprendre les événements quand, au lieu d'être clairs et nets, ce ne sont plus que de vagues souvenirs ?

Mr Satterthwaite trouva en la personne de Bristow un renfort inattendu.

– Je comprends votre point de vue, dit le peintre. En fait, vous avez sans doute raison. C'est une question de perspective, n'est-ce pas ? Pas seulement de perspective, mais aussi de relativité.

– Si vous voulez mon avis, déclara le colonel, le concept d'Einstein est un tissu d'âneries. De même que le spiritisme et le fantôme de ma grand-mère !

Il défia les deux autres du regard. C'était un suicide. Il n'y a aucun doute, conclut-il. Cela ne s'est-il pas passé pratiquement sous mes yeux ?

– Racontez-nous ce qui est arrivé, dit Mr Satterthwaite, afin que nous puissions voir, nous aussi.

Un peu calmé, le colonel grogna et se carra plus confortablement dans son fauteuil.

– Personne, absolument personne, n'aurait pu prévoir un tel drame, commença-t-il. Charnley était normal, comme d'habitude. La maison abritait de nombreux hôtes, à cause du bal masqué. Comment aurions-nous pu deviner qu'il déciderait de se tuer juste au moment où les premiers invités arrivaient ?

– Il aurait été plus correct d'attendre qu'ils soient partis, dit Mr Satterthwaite.

– Évidemment ! Ce type de comportement manque totalement de correction, bon sang !

– Ce n'était pas son style, ajouta Mr Satterthwaite.

– Exact, reconnut Monckton. Charnley n'était pas comme ça.

– Pourtant, *c'était* un suicide ?

– Il n'y a pas l'ombre d'un doute. Écoutez, nous étions trois ou quatre à bavarder en haut de l'escalier : moi, la petite Ostrander, Algie Darcy... et un ou deux autres, je ne sais plus qui. Charnley a traversé le hall, en bas, et il est entré dans le salon en chêne. La petite Ostrander a dit qu'il avait l'air hagard, hébété, mais c'est n'importe quoi : elle ne pouvait même pas voir son visage de l'endroit où nous nous trouvions... Ce qui est vrai, en revanche, c'est qu'il marchait le dos courbé, comme s'il portait le monde sur les épaules. Une des jeunes femmes l'a appelé ; c'était, me semble-t-il, la gouvernante de quelqu'un que lady Charnley avait invitée par gentillesse. Elle avait un message à lui remettre. Elle a crié : « Lord Charnley, lady Charnley voudrait savoir... » Mais il ne l'a même pas écoutée ; il est entré dans le salon en chêne, a claqué la porte derrière lui, et nous avons entendu la clé tourner dans la serrure. Une minute plus tard, *le coup de feu a retenti.*

» Nous nous sommes précipités dans le hall. Il y a, dans le salon en chêne, une autre porte donnant sur le jardin d'hiver. Nous sommes allés voir, mais elle était également fermée à clef. Finalement, nous avons été obligés d'enfoncer la porte. Charnley gisait par terre, mort, un pistolet près de la main droite. Alors ? Que voulez-vous que ce soit, sinon un suicide ? Un accident ? On ne me fera pas croire ça. Il n'y a qu'une seule autre possibilité, le meurtre ; et il n'y a pas de meurtre sans meurtrier. Vous admettez cette hypothèse, je présume ?

– L'assassin avait peut-être fui, suggéra Mr Satterthwaite.

– Impossible. Si vous avez du papier et un crayon, je dessinerai un plan des lieux. Le salon en chêne a deux portes, la première donne sur le hall, l'autre sur le jardin d'hiver. Elles étaient toutes les deux verrouillées de l'intérieur *et les clefs étaient dans les serrures.*

– La fenêtre ?

– Fermée, et les volets aussi.

Il y eut un silence.

– Vous voyez ? La cause est entendue ! conclut triomphalement le colonel Monckton.

– Ça m'en a tout l'air, fit tristement Mr Satterthwaite.

– Remarquez, dit le colonel, je me suis moqué tout à l'heure du spiritisme, mais je suis prêt à reconnaître que l'atmosphère de la maison – en particulier le salon en chêne – est sacrément bizarre. Il y a des impacts de balles sur les boiseries, conséquences des duels qui ont eu lieu dans cette pièce, et une tache étrange, par terre, qui réapparaît toujours, bien qu'on ait changé plusieurs fois les lattes du parquet. J'imagine qu'il y aura désormais une autre tache : le sang de ce malheureux Charnley.

– Y avait-il beaucoup de sang ? s'enquit Mr Satterthwaite

– Très peu... Etonnamment peu, d'après le médecin.

– Dans quelle partie du corps a-t-il tiré cette balle ? La tête ?

– Non, le cœur.

– Ce n'est pas la meilleure méthode, dit Bristow. Il est terriblement difficile de localiser son cœur. Personnellement, je ne m'y prendrais sûrement pas comme ça.

Mr Satterthwaite secoua la tête. Il éprouvait une vague sensation d'agacement. Il espérait débusquer quelque chose... Le colonel Monckton poursuivit :

– Charnley est un endroit idéal pour les revenants. *Moi,* bien sûr, je n'en ai jamais vu.

– Vous n'avez pas vu la Pleureuse à l'Aiguière d'Argent ?

– Non, monsieur ! affirma le colonel avec force. Mais

je présume que tous les domestiques ont juré leurs grands dieux qu'ils l'avaient vue comme je vous vois.

– La superstition était le fléau du Moyen Age, dit Bristow. Il en subsiste encore des traces ici ou là, mais, grâce au ciel, nous nous en libérons.

– La superstition..., murmura Mr Satterthwaite, regardant une nouvelle fois le fauteuil vide. Ne pensez-vous pas qu'elle pourrait être parfois... utile ?

Bristow le dévisagea.

– Utile ? Quelle idée bizarre.

– Alors, j'espère que vous voilà convaincu, Satterthwaite, dit le colonel.

– Oh ! parfaitement. À première vue, il paraît étrange qu'un jeune marié riche et heureux se suicide sans raison alors qu'il fête son retour chez lui... évidemment... mais je reconnais que les faits sont là.

Le front plissé, il répéta à voix basse :

– Les faits...

– Le plus intéressant dans tout ça, reprit Monckton, est sûrement ce que nous ne saurons jamais : qui se cache derrière ce drame. Il y a eu des rumeurs, bien sûr... toutes sortes de rumeurs. Les gens ne peuvent pas s'empêcher de parler.

– Mais personne ne *savait*, dit Mr Satterthwaite, pensif.

– Finalement, ça ne ferait pas une bonne intrigue de roman policier, intervint Bristow. La mort n'a profité à personne.

– Sauf à un enfant qui n'était pas encore né, dit Mr Satterthwaite.

Monckton émit un rire bref.

– Un sale coup pour ce pauvre Hugo Charnley, fit-il remarquer. Lorsque l'on a appris qu'il y avait un enfant, il ne lui restait plus qu'à faire le gros dos et attendre gentiment de voir si c'était un garçon ou une fille. Une attente assez angoissante aussi pour ses créanciers. Un garçon, au bout du compte, et une cruelle déception pour toute la bande.

– La veuve a-t-elle beaucoup souffert ? s'enquit Bristow.

– Pauvre petite, dit Monckton, je ne l'oublierai jamais. Elle n'a pas pleuré, ne s'est pas effondrée, rien. On aurait dit qu'elle était devenue de glace. Comme je l'ai dit, elle a fermé la maison peu après et, à ma connaissance, on ne l'a pas rouverte depuis.

– Nous ignorons donc toujours le mobile du suicide, fit Bristow avec un petit rire. Un autre homme ou une autre femme ? C'est fatalement l'un ou l'autre, non ?

– En apparence, dit Mr Satterthwaite.

– Et il y a gros à parier que c'est plutôt une autre femme, poursuivit Bristow, puisque la jolie veuve ne s'est pas remariée. Je déteste les femmes, ajouta-t-il sans passion.

Mr Satterthwaite ne put réprimer un sourire. Frank Bristow s'en aperçut et passa aussitôt à l'attaque :

– Vous pouvez ricaner, mais c'est vrai. Elles désorganisent tout. Elles se mêlent de ce qui ne les regarde pas. Elles se mettent entre vous et votre travail. Elles... Je n'ai rencontré qu'une seule femme... intéressante.

– Je me disais bien qu'il y en avait une, fit Mr Satterthwaite.

– Pas dans le sens où vous l'entendez. Je... j'ai fait sa connaissance comme ça, par hasard. En fait, c'était dans un train. Après tout, ajouta-t-il sur un ton de défi, pourquoi ne rencontrerait-on pas des gens dans les trains ?

– Parfaitement, parfaitement, dit Mr Satterthwaite d'une voix conciliante, c'est un endroit qui en vaut bien un autre.

– Je revenais du Nord. Nous étions seuls dans le compartiment. Je ne sais pas pourquoi, mais nous avons commencé à bavarder. J'ignore comment elle s'appelle et je ne crois pas que je la reverrai un jour. D'ailleurs, je ne suis pas sûr d'en avoir envie. Ce serait peut-être... dommage.

Il s'interrompit, cherchant ses mots.

– Elle n'était pas tout à fait réelle, vous comprenez. Immatérielle. Comme ces créatures qui descendent des montagnes dans les contes de fées gaéliques.

Mr Satterthwaite hocha la tête avec complaisance. Il n'avait guère de mal à imaginer la scène : Bristow, jeune homme très réaliste et terre-à-terre, face à une créature inaccessible et fantomatique – immatérielle, comme il disait.

– Pour devenir ainsi, il faut certainement avoir subi une terrible épreuve... terrible au point d'en être presque insupportable. On fuit la réalité, on se réfugie dans un monde à soi et naturellement, au bout d'un certain temps, on ne peut plus revenir.

– Était-ce son cas ? s'enquit Mr Satterthwaite, curieux.

– Je l'ignore, répondit Bristow. Elle ne m'a rien dit, c'est une hypothèse. Il faut bien faire des hypothèses, si l'on veut progresser.

– Oui, murmura Mr Satterthwaite. Il faut bien.

Lorsque la porte s'ouvrit, il leva brusquement la tête avec l'air d'attendre quelque chose, mais les paroles du maître d'hôtel le déçurent :

– Une dame demande à vous voir pour une affaire très urgente, monsieur. Miss Aspasia Glen.

Mr Satterthwaite se leva, quelque peu surpris. Le nom d'Aspasia Glen lui était familier. Qui, à Londres, ne le connaissait pas ? Présentée comme «La Femme à l'Écharpe» par la publicité, elle avait donné une série de représentations qui avaient fait courir toute la capitale. Sans autre accessoire que son écharpe, elle incarnait toutes sortes de personnages. Son foulard devenait tour à tour coiffe de religieuse, châle d'ouvrière, bonnet de paysanne ainsi que mille autres choses, et chaque fois qu'Aspasia Glen changeait de personnage, elle se transformait totalement. En tant qu'artiste, Mr Satterthwaite ne lui chipotait pas son admiration, mais il n'avait jamais eu l'occasion de faire sa connaissance. Sa visite, à cette heure indue, l'intrigua au plus haut point. S'excusant auprès de ses invités, il sortit du fumoir et gagna le salon.

Miss Glen était installée exactement au milieu d'un vaste canapé recouvert de brocart doré. De ce fait, elle dominait la pièce. Mr Satterthwaite comprit sur-le-champ qu'elle entendait également dominer la situation. Curieusement, sa première réaction fut la répulsion. Il admirait sincèrement le talent d'Aspasia Glen. Sa personnalité – telle qu'elle apparaissait dans les lumières des projecteurs – semblait agréable et sympathique. Ses jeux de scène étaient plus mélancoliques et sensuels qu'impérieux. Mais à présent, confronté à la femme elle-même, il eut une impression totalement différente. Il y avait chez elle un côté dur, arrogant, violent. Grande et brune, elle devait avoir environ trente-cinq ans. Elle était très belle, aucun doute, et n'hésitait évidemment pas à en profiter.

– Pardonnez-moi de venir vous déranger à une heure aussi indue, Mr Satterthwaite, dit-elle d'une voix chaude et caressante. Je ne dirai pas que j'ai envie de vous rencontrer, depuis longtemps, en revanche, je suis *ravie* d'avoir une bonne raison de le faire. Pour en arriver à ce qui m'amène – ha! ha! – voyez-vous, quand j'ai envie de quelque chose, je suis tout simplement incapable d'attendre. Quand j'ai envie d'une chose, il me la faut, voilà.

– Je ne puis que réserver bon accueil au prétexte – quel qu'il soit – qui me vaut la visite d'une femme aussi séduisante, déclara Mr Satterthwaite avec une galanterie démodée.

– Quelle délicatesse! fit Aspasia Glen.

– Chère madame, permettez-moi de saisir cette occasion de vous remercier pour le plaisir que vous m'avez si souvent procuré... dans mon fauteuil d'orchestre.

Elle lui adressa un sourire ravissant.

– J'irai droit au but, dit-elle. Je me suis rendue aujourd'hui à la Galerie Harchester, où j'ai vu une aquarelle sans laquelle je ne pourrais pas vivre. J'ai voulu l'acheter, mais c'était impossible car vous étiez déjà passé par là. Alors... (Elle s'interrompit.) Si vous saviez comme j'en ai envie ! reprit-elle. Cher Mr Satterthwaite, il me la *faut*. J'ai apporté mon chéquier. (Elle lui adressa un regard encourageant.) On dit que vous êtes la gentillesse même. Et voyez-vous, les gens *sont* gentils avec moi. C'est très mauvais pour mon caractère... mais c'est ainsi.

Telles étaient donc les méthodes d'Aspasia Glen. En son for intérieur, Mr Satterthwaite jugea cette féminité exacerbée, ainsi que cette attitude d'enfant gâtée avec froideur et sévérité. Sans doute auraient-elles dû le persuader de céder, mais ce ne fut pas le cas. Aspasia Glen avait commis une erreur. Elle l'avait pris pour un dilettante sur le retour, sensible aux flatteries d'une jolie femme. Mais la courtoisie scrupuleuse de Mr Satterthwaite cachait un esprit avisé et critique. Il voyait les gens tels qu'ils étaient, non tels qu'ils souhaitaient paraître. Elle ne lui apparut pas comme une charmante créature le suppliant de satisfaire un caprice, mais sous les traits d'une égoïste sans scrupules, fermement décidée _ pour quelque obscure raison dont il ignorait tout – à obtenir satisfaction. Et il sut, sans l'ombre d'un doute, qu'Aspasia Glen n'arriverait pas à ses fins. Il ne lui céderait pas *L'Arlequin mort*. Il chercha rapidement le moyen de l'éconduire sans transgresser ouvertement les convenances.

– Je suis sûr, dit-il, que l'on se fait un plaisir d'accéder à vos désirs aussi souvent que l'on peut.

– Alors, vous acceptez ? Je peux avoir l'aquarelle ?

Mr Satterthwaite secoua lentement la tête, l'air navré.

– C'est hélas impossible. Voyez-vous... J'ai acheté cette œuvre pour une dame. C'est un cadeau.

– Oh ! mais vous pouvez sûrement...

Le téléphone, sur la table, sonna. Mr Satterthwaite murmura un mot d'excuse et décrocha le combiné. Il entendit une voix froide et ténue, qui semblait venir de très loin.

– Pourrais-je parler à Mr Satterthwaite, je vous prie ?

– Mr Satterthwaite à l'appareil.

– Ici lady Charnley... Alix Charnley. Vous ne vous souvenez sûrement pas de moi, Mr Satterthwaite, notre rencontre remonte à de très nombreuses années.

– Chère Alix ! Je me souviens de vous, bien entendu.

– J'ai un service à vous demander. Je suis allée aujourd'hui à la Galerie Harchester, où il y avait une exposition, et j'ai vu une aquarelle intitulée *L'Arlequin mort*. Peut-être en avez-vous reconnu le décor : le jardin d'hiver de Charnley. Je... je voudrais avoir cette toile, mais elle vous a été vendue. (Silence.) Mr Satterthwaite, pour des raisons personnelles, je veux cette aquarelle. Accepterez-vous de me la revendre ?

« Mais, c'est un miracle ! » songea Mr Satterthwaite. Lorsqu'il répondit, ce fut avec la satisfaction de ne livrer qu'un seul côté de la conversation à Aspasia Glen.

– Si vous acceptez mon cadeau, chère amie, j'en serai très heureux.

Une brève exclamation jaillit, derrière lui, mais il poursuivit :

– Je l'ai acheté à votre intention. Sincèrement. Mais écoutez, ma chère Alix, j'ai moi aussi un service à vous demander, si vous me le permettez.

– Certainement. Je vous suis *tellement* reconnaissante, Mr Satterthwaite !

– Je voudrais que vous veniez chez moi. Tout de suite.

Il y eut un bref silence, puis :

– J'arrive immédiatement.

Mr Satterthwaite raccrocha et se tourna vers miss Glen qui, furieuse, lui lança :

– C'était de l'aquarelle que vous parliez ?

– Oui. La dame à qui je l'offre va nous rejoindre d'ici quelques minutes.

Aussitôt, Aspasia Glen redevint tout sourire :

– Je voudrais la persuader de me laisser cette œuvre. Me permettrez-vous d'essayer ?

– Je vous permettrai d'essayer.

Intérieurement, il était étrangement troublé. Il se trouvait au cœur d'un drame qui progressait vers une issue inévitable. Et lui, l'éternel spectateur, jouait un des rôles principaux. Il se tourna vers miss Glen.

– Voulez-vous m'accompagner à côté ? J'aimerais vous présenter mes amis.

Il lui ouvrit la porte et, après avoir traversé le hall, la fit entrer dans le fumoir.

– Miss Glen, dit-il, voici le colonel Monckton, un des mes vieux amis. Et Mr Bristow, l'auteur de l'aquarelle que vous admirez tant.

Puis il tressaillit en voyant un troisième homme, debout devant le fauteuil qu'il avait laissé vide à côté du sien.

– Vous m'attendiez ce soir, je crois, déclara Mr Quinn. En votre absence, je me suis présenté à vos amis. Je suis très heureux d'avoir pu passer.

– Mon cher ami, dit Mr Satterthwaite, je... j'ai fait du mieux que j'ai pu, mais...

Une lueur, légèrement sardonique, dans les yeux noirs de Mr Quinn le réduisit au silence.

– Permettez-moi de faire les présentations. Mr Harley Quinn... miss Aspasia Glen.

Fût-ce son imagination ou bien eut-elle vraiment un mouvement de recul ? Une expression indéfinissable passa sur son visage. Soudain, Bristow s'écria :

66

– J'ai trouvé !

– Trouvé quoi ?

– Ce qui me tarabustait. Il y a une ressemblance, une ressemblance très nette. (Il dévisageait Mr Quinn avec curiosité.) Vous voyez ? (Il se tourna vers Mr Satterthwaite.) Ne trouvez-vous pas qu'il y a une ressemblance très nette avec l'Arlequin de mon aquarelle... celui qui regarde par la fenêtre ?

Cette fois, ce ne fut pas son imagination. Il entendit clairement la respiration oppressée de miss Glen et la vit même faire un pas en arrière.

– Je vous ai dit que j'attendais quelqu'un, déclara triomphalement Mr Satterthwaite. Vous devez savoir que mon ami, Mr Quinn, est un homme tout à fait extraordinaire. Les mystères n'ont aucun secret pour lui. Il peut vous dévoiler ce qui demeure caché.

– Êtes-vous médium, monsieur ? s'enquit le colonel Monckton dévisageant Mr Quinn d'un air méfiant.

Celui-ci sourit et secoua lentement la tête.

– Mr Satterthwaite exagère, affirma-t-il. Il lui est arrivé deux ou trois fois, en ma présence, d'effectuer un remarquable travail de déduction. Je ne saurais dire pourquoi il m'en attribue le mérite... Sa modestie, je présume.

– Non, non, protesta Mr Satterthwaite. Pas du tout. Vous me faites voir des choses... des choses que j'aurais dû voir dès le début... que j'ai vues, en fait, mais sans comprendre que je les voyais.

– Tout ça m'a l'air drôlement compliqué, marmonna le colonel Monckton.

– Pas tellement, dit Mr Quinn. L'ennui, c'est que nous ne nous contentons pas de *voir* les choses... il faut aussi que nous les interprétions mal.

Aspasia Glen se tourna vers Frank Bristow...

– Je voudrais bien savoir, dit-elle d'une voix tendue, ce qui vous a donné l'idée de cette aquarelle ?

Bristow haussa les épaules.

– Je ne sais pas au juste, avoua-t-il. L'endroit – Charnley, veux-je dire – a stimulé mon imagination. Cette grande pièce vide... la terrasse... ces histoires de fantômes, tout ça... J'ai appris ce soir que le dernier lord Charnley s'est suicidé. Et si l'esprit survivait après la mort ? Ça doit faire un drôle d'effet, vous savez. Depuis la terrasse, par la fenêtre, il aurait pu regarder son propre cadavre, et tout voir.

– Comment ça, tout *voir* ?

– Eh bien ! il aurait vu ce qui est arrivé. Il aurait vu...

La porte s'ouvrit et le maître d'hôtel annonça lady Charnley.

Mr Satterthwaite alla à sa rencontre. Il ne l'avait pas vue depuis presque treize ans. Il se souvenait d'elle telle qu'elle était alors : resplendissante et joyeuse. Il découvrit... une Dame de Glace. Très blonde, très pâle, elle semblait flotter plutôt que marcher... un flocon de neige poussé par un vent glacial. Un côté irréel. Terriblement froide et à peine de ce monde.

– Je vous suis reconnaissant d'être venue, dit Mr Satterthwaite, l'entraînant ensuite vers les autres invités.

Elle esquissa un geste comme si elle connaissait miss Glen, mais s'interrompit face à son absence de réaction.

– Pardonnez-moi, murmura-t-elle, mais je vous ai déjà vue quelque part, n'est-ce pas ?

– Sur les planches, peut-être ? suggéra Mr Satterthwaite. C'est miss Aspasia Glen, lady Charnley.

– Ravie de faire votre connaissance, lady Charnley, dit Aspasia Glen.

Une pointe d'accent d'outre-Atlantique s'était soudain insinuée dans sa voix, ce qui rappela à Mr Satterthwaite un des nombreux personnages qu'elle incarnait sur scène.

– Le colonel Monckton, vous connaissez, poursuivit-il. Et voici Mr Bristow.

Les joues de lady Charnley se colorèrent légèrement.

– J'ai déjà rencontré Mr Bristow, dit-elle avec un pâle sourire. Dans un train.

– Et voici Mr Harley Quinn.

Mr Satterthwaite la regarda attentivement mais il n'y eut, cette fois, aucune réaction. Il la fit asseoir, puis, s'étant également installé, il s'éclaircit la gorge et, un peu nerveux, prit la parole :

– Je... nous formons un petit groupe très insolite. C'est en effet cette aquarelle qui nous réunit. Je... je crois que, si nous voulions, nous pourrions... faire la lumière.

– Vous n'allez pas organiser une séance de spiritisme, Satterthwaite ? demanda le colonel Monckton. Vous ne vous ressemblez pas, ce soir.

– Non, répondit Mr Satterthwaite, pas exactement. Mais selon mon ami, Mr Quinn, dont je partage l'opinion, le recul du temps permet souvent de voir les choses telles qu'elles étaient et non telles qu'elles semblaient être.

– Le recul du temps ? s'étonna lady Charnley.

– Je parle du suicide de votre mari, Alix. Je sais que cela vous fait de la peine...

– Non, dit Alix Charnley, cela ne me fait pas de peine. À présent, plus rien ne peut me faire de la peine.

Mr Satterthwaite songea aux paroles de Frank Bristow : « *Elle n'était pas tout à fait réelle, vous comprenez. Immatérielle. Comme ces créatures qui descendent des montagnes dans les contes de fées gaéliques.* »

Immatérielle, avait-il dit. Ce mot lui convenait parfaitement. C'était une ombre, un reflet. Mais alors, où était la véritable Alix ? Son intelligence répondit aussitôt : « *Dans le passé*. Séparée de nous par quatorze ans. »

– Ma chère, dit-il, vous m'impressionnez. Vous me faites penser à la Pleureuse à l'Aiguière d'Argent.

Crac ! La tasse de café, posée sur la table, près du coude d'Aspasia, tomba et se fracassa par terre. D'un geste,

Mr Satterthwaite coupa court à ses excuses. « Nous approchons, pensa-t-il. Nous approchons de minute en minute... mais de quoi ? »

— Reportons-nous quatorze ans en arrière, pendant cette soirée, dit-il. Lord Charnley s'est suicidé. Pour quelle raison ? Nul ne le sait.

Lady Charnley bougea légèrement.

— Lady Charnley sait, intervint brusquement Frank Bristow.

— Absurde ! protesta le colonel Monckton, puis il se tut, le front plissé, étonné.

Elle regardait le peintre assis en face d'elle. Ce fut comme s'il lui tirait les mots. Elle prit la parole, hochant lentement la tête, la voix aussi douce et froide qu'un flocon de neige.

— Oui, vous avez raison. *Je sais*. C'est pourquoi, tant que je vivrai, je ne pourrai pas retourner à Charnley. Et c'est pourquoi, lorsque mon fils Dick me demande de rouvrir la maison et de m'y installer, je lui réponds que ce n'est pas possible.

— Voulez-vous nous dire pour quelle raison, lady Charnley ? demanda Mr Quinn.

Elle le regarda. Puis, comme hypnotisée, elle répondit avec un calme et un naturel d'enfant :

— Je puis vous le dire si vous y tenez. Cela n'a plus d'importance, à présent. J'ai trouvé une lettre dans les papiers de mon mari, et je l'ai détruite.

— Quelle lettre ? s'enquit Mr Quinn.

— Une lettre d'une jeune femme... de cette pauvre petite. C'était la nurse des Merriam. Il avait... il avait fait l'amour avec elle... oui, alors que nous étions fiancés, juste avant notre mariage. Et elle... elle aussi attendait un enfant. C'est ce qu'elle écrivait, et également qu'elle avait l'intention de m'avertir. Alors, voyez-vous, il s'est suicidé.

Elle regarda autour d'elle, lasse et distraite, comme un écolier venant de réciter une leçon qu'il sait trop bien.

Le colonel Monckton se moucha.

– Seigneur, dit-il, c'était donc ça ! Eh bien ! il n'y a plus le moindre mystère.

– Vraiment ? fit Mr Satterthwaite. Il en reste au moins un. *Pourquoi Mr Bristow a-t-il peint cette aquarelle ?*

– Que voulez-vous dire ?

Mr Satterthwaite se tourna vers Mr Quinn, comme pour affermir son courage, et obtint apparemment le résultat escompté, car il poursuivit :

– Oui, sans doute me croirez-vous fou, mais cette aquarelle est le nœud de l'affaire. C'est elle qui nous a réunis ici ce soir. Il *fallait* qu'elle soit peinte... voilà ce que je veux dire.

– Vous pensez à l'influence surnaturelle du salon en chêne ? commença le colonel Monckton.

– Non, dit Mr Satterthwaite. Ce n'est *pas* le salon en chêne, mais le jardin d'hiver. C'est cela ! L'esprit du mort qui regarde par la fenêtre et voit son propre cadavre sur le dallage.

– Ce qui était impossible, dit le colonel, puisque le corps se trouvait dans le salon en chêne.

– Et s'il n'y était pas ? dit Mr Satterthwaite. Et s'il gisait exactement là où Mr Bristow l'a vu en imagination, c'est-à-dire sur le dallage noir et blanc, devant la fenêtre ?

– Vous racontez n'importe quoi, fit le colonel Monckton. S'il avait été là, nous ne l'aurions pas trouvé dans le salon en chêne.

– Sauf si quelqu'un l'y avait transporté, dit Mr Satterthwaite.

– Mais alors, objecta le colonel Monckton, comment expliquer que nous ayons vu Charnley entrer dans le salon ?

– Vous n'avez pas vu son visage, n'est-ce pas ?

demanda Mr Satterthwaite. En fait, vous avez simplement vu un homme déguisé entrer dans le salon en chêne.

– En habit de brocart et perruque, précisa Monckton.

– Voilà. Et vous avez cru que c'était lord Charnley parce que la gouvernante l'a appelé par ce nom.

– Et parce que, après avoir enfoncé la porte, quelques instants plus tard, nous n'avons trouvé dans la pièce que lord Charnley, mort. Il n'y a pas à sortir de là, Satterthwaite.

– Non, dit Mr Satterthwaite, découragé. Non... sauf s'il y avait une cachette quelconque.

– N'avez-vous pas fait allusion, tout à l'heure, à une cache de prêtre ? intervint Frank Bristow.

– Oh ! s'écria Mr Satterthwaite. Et si... ?

Il leva une main pour demander le silence, posa l'autre sur le front et reprit d'une voix lente, hésitante :

– J'ai une idée. Ce n'est peut-être qu'une idée, mais elle se tient. Supposons que lord Charnley ait été assassiné. Tué dans le jardin d'hiver. Le meurtrier – et une deuxième personne – traînent le corps dans le salon en chêne. Ils l'allongent par terre et posent le pistolet près de sa main droite. Passons maintenant à l'étape suivante. Le suicide de Lord Charnley ne doit pas faire l'ombre d'un doute. Selon moi, cela ne présente aucune difficulté. L'homme en perruque et habit de brocart gagne la porte du salon en chêne ; du haut de l'escalier, pour donner le change, quelqu'un l'appelle comme si c'était lord Charnley. Il entre dans la pièce, ferme les deux portes à clef et tire une balle dans les boiseries. Si vous vous souvenez, il y a déjà des impacts, un trou de plus passera inaperçu. Ensuite, il se cache dans l'alcôve secrète. Des invités enfoncent la porte et se précipitent dans la pièce. Il paraît évident que lord Charnley s'est suicidé ; on n'envisage même pas une autre hypothèse.

– Sornettes, voilà ce que j'en pense ! dit le colonel

Monckton. Vous oubliez que Charnley avait une excellente raison de se tuer.

– Une lettre découverte après coup, dit Mr Satterthwaite. Une lettre cruelle, mensongère, rédigée par une petite actrice très habile et sans scrupules qui entendait bien devenir elle-même un jour lady Charnley.

– À savoir ?

– La complice de Hugo Charnley, dit Mr Satterthwaite. Vous savez, Monckton – tout le monde sait – que c'était un personnage ignoble. Il croyait que le titre ne lui échapperait pas. (Il se tourna soudain vers lady Charnley.) Comment s'appelle la jeune fille qui a écrit cette lettre ?

– Monica Ford.

– Est-ce Monica Ford, Monckton, qui a appelé lord Charnley du haut de l'escalier ?

– Oui... maintenant que vous le dites, il me semble bien que c'était elle.

– Oh ! c'est impossible, dit lady Charnley. Je... je suis allée lui demander des explications. Elle a affirmé que tout était vrai. Je ne l'ai revue qu'une fois, par la suite, mais elle n'a sûrement pas pu jouer la comédie pendant tout ce temps.

Mr Satterthwaite se tourna vers Aspasia Glen.

– Je crois que si, dit-il avec assurance. Je pense qu'elle avait l'étoffe d'une actrice exceptionnelle.

– Il y a un problème que vous n'avez pas résolu, intervint Frank Bristow. Il y aurait eu du sang sur le dallage du jardin d'hiver. Ils n'auraient pas eu le temps de le faire disparaître.

– Non, admit Mr Satterthwaite. Mais existait une solution, qui ne prendrait que deux ou trois secondes : poser le tapis de Boukhara sur les taches. Personne n'a vu ce tapis dans le jardin d'hiver avant ce soir-là.

– Vous avez sans doute raison, dit Monckton, mais tout

de même... il a bien fallu nettoyer les taches de sang à un moment ou un autre ?

— Oui, reconnut Mr Satterthwaite, au milieu de la nuit... Une femme avec un broc et une cuvette pouvait alors, sans aucun risque, descendre l'escalier et nettoyer le dallage.

— Mais si quelqu'un l'avait vue ?

— Aucune importance, dit Mr Satterthwaite. Je décris les choses telles qu'elles *étaient*. J'ai dit : une femme avec un broc et une cuvette... Si j'avais parlé d'une Pleureuse à Aiguière d'Argent, je les aurais décrites telles qu'elles *semblaient* être...

Il se leva et s'immobilisa devant Aspasia Glen.

— C'est bien ainsi que vous avez procédé, n'est-ce pas ? reprit-il. On vous appelle aujourd'hui « La Femme à l'Echarpe », mais c'est cette nuit-là que vous avez joué votre premier rôle : « la Pleureuse à l'Aiguière d'Argent ». C'est pour cela que vous avez renversé la tasse de café, tout à l'heure. L'aquarelle vous a fait peur. Vous avez cru que quelqu'un savait.

Lady Charnley tendit une blanche main, accusatrice.

— Monica Ford..., souffla-t-elle. Je vous reconnais, à présent !

Aspasia Glen se leva d'un bond. Elle écarta facilement Mr Satterthwaite et se planta, tremblante, devant Mr Quinn.

— Ainsi, j'avais raison. Quelqu'un *savait* ! Oh ! je n'ai pas marché dans cette pitrerie, cette parodie d'enquête ! (Elle pointa l'index sur Mr Quinn.) *Vous* étiez là. *Vous* étiez derrière la fenêtre, et vous regardiez. Vous nous avez vus faire, Hugo et moi. Je *savais* que quelqu'un nous espionnait, j'ai eu cette impression du début à la fin. Pourtant, quand je levais la tête, il n'y avait personne. Mais je savais que quelqu'un nous observait. À un moment donné, il m'a semblé apercevoir un visage à la fenêtre. Il m'a hantée pendant toutes ces années. Pourquoi avez-vous rompu le silence aujourd'hui ? Voilà ce que je veux savoir !

— Peut-être pour que le mort puisse reposer en paix, répondit Mr Quinn.

Soudain, Aspasia Glen se précipita vers la porte. Sur le seuil, elle s'arrêta et lança par-dessus l'épaule, sur un air de défi :

— Faites ce que vous voulez ! Dieu sait que vous êtes nombreux à pouvoir témoigner de mes propos. Peu importe, peu importe. J'aimais Hugo, je l'ai aidé dans sa sinistre besogne et, ensuite, il m'a plaquée. Il est mort l'année dernière. Vous pouvez lancer la police à mes trousses, si ça vous chante ; mais comme l'a dit ce petit bonhomme desséché, je suis une très bonne actrice. Elle aura du mal à me retrouver.

Elle tira brutalement la porte derrière elle. Quelques instants plus tard, ils entendirent la porte d'entrée claquer à son tour.

— Reggie... Reggie..., sanglota lady Charnley, le visage couvert de larmes. Oh ! mon chéri, mon chéri, je peux à présent retourner à Charnley. Je peux y vivre avec Dickie. Je peux lui dire ce qu'était son père : le meilleur, le plus merveilleux des hommes.

— Nous devons réfléchir très sérieusement aux suites qu'il convient de donner à cette affaire, déclara le colonel Monckton. Alix, ma chère, si vous me permettez de vous raccompagner, je serai heureux de vous donner mon avis.

Lady Charnley se leva et s'approcha de Mr Satterthwaite. Elle lui posa les mains sur les épaules et l'embrassa très tendrement.

— C'est merveilleux de renaître après être restée morte si longtemps, dit-elle. Car j'étais comme morte, vous savez. Merci, cher monsieur Satterthwaite.

Elle sortit en compagnie du colonel Monckton. Mr Satterthwaite les suivit des yeux. Il entendit un grognement et se tourna brusquement vers Frank Bristow, dont il avait oublié la présence.

— C'est une très jolie femme, dit le peintre d'une voix maussade. Mais elle me semble beaucoup moins intéressante que la première fois, ajouta-t-il tristement.

— Ainsi parle l'artiste, fit Mr Satterthwaite.

— Non, c'est vrai, dit Mr Bristow. Je suis persuadé qu'elle me snoberait, si jamais je me risquais à Charnley. Il ne faut pas que j'aille là où on ne souhaite pas me voir.

— Mon jeune ami, dit Mr Satterthwaite, si vous décidez de vous préoccuper un peu moins de l'impression que vous produisez sur les autres, vous vous en trouverez, à mon avis, plus sage et plus heureux. Vous devriez en outre renoncer à quelques idées complètement dépassées, celle qui consiste à croire que la naissance a un sens dans le monde moderne. Vous comptez parmi les jeunes gens solides que les femmes trouvent toujours séduisants, et vous avez sans doute – voire sûrement – du génie. Répétez-vous cela dix fois, tous les jours avant de vous coucher et, dans trois mois, allez rendre visite à lady Charnley dans sa propriété. Voilà le conseil que je vous donne, et je suis un vieil homme qui a une grande expérience du monde.

Un sourire tout à fait charmant éclaira soudain le visage du peintre.

— Vous êtes un type formidable, dit-il. Il prit la main de Mr Satterthwaite et la serra de toutes ses forces. Merci mille fois, poursuivit-il. À présent, il faut que j'y aille. Vous m'avez fait passer une soirée absolument extraordinaire, merci encore.

Il regarda autour de lui, comme pour dire au revoir à quelqu'un d'autre, puis sursauta.

— Ça alors ! Votre ami n'est plus là, monsieur. Je ne l'ai même pas vu partir. C'est un drôle d'oiseau, non ?

– Ses allées et venues sont très imprévisibles, reconnut Mr Satterthwaite. C'est une de ses particularités. On ne le voit pas toujours aller et venir.

– Comme Arlequin, dit Frank Bristow, il est invisible. Et sa plaisanterie le fit rire de bon cœur.

(Traduction de Daniel Lemoine)

10

L'OISEAU À L'AILE BRISÉE
(The Bird with the Broken Wing)

Mr Satterthwaite regarda par la fenêtre. La pluie tombait sans relâche. Il frissonna. Les maisons de campagne, constata-t-il, sont rarement bien chauffées. Heureusement, d'ici quelques heures, il filerait vers Londres. Après soixante ans, c'est encore à Londres qu'on est le mieux.

Il se sentait un peu vieux et abandonné. Les autres invités semblaient tous si jeunes ! Quatre d'entre eux venaient de s'enfermer dans la bibliothèque pour faire tourner les tables. Ils lui avaient proposé de se joindre à eux, mais il s'était excusé. L'énumération monotone des lettres de l'alphabet, et le fatras dépourvu de sens que l'on obtenait généralement à la fin, ne parvenaient pas à le distraire ?

Oui, rien ne valait Londres. Il se félicita d'avoir décliné l'invitation de Madge Keeley, qui lui avait téléphoné une demi-heure plus tôt pour le convier à Lidell. Une jeune personne adorable, certes, mais rien ne peut remplacer Londres.

Mr Satterthwaite frissonna une nouvelle fois et se sou-

vint qu'il y avait généralement un bon feu dans la bibliothèque. Il poussa la porte et se risqua prudemment dans
la pièce obscure.

– Si je ne vous dérange pas...

– Etait-ce un N ou un M ? Il va falloir recompter. Non,
monsieur Satterthwaite, pas du tout. Il se passe des choses
tout à fait passionnantes, vous savez. L'esprit déclare
s'appeler Ada Spiers et notre John va épouser une
nommée Gladys Bun dans les jours qui viennent.

Mr Satterthwaite s'installa dans un grand fauteuil
devant la cheminée. Les paupières lourdes, il ferma les
yeux et s'assoupit. De temps à autre, sortant de sa som-
nolence, il entendit des bribes de conversation :

– Ça ne peut pas être P A B Z L... ou alors, c'est un
Russe. John, tu pousses la table, je t'ai *vu* ! Je suis sûre
qu'un nouvel esprit vient d'arriver.

Mr Satterthwaite se remit à somnoler. Puis un nom le
réveilla en sursaut.

– Q-U-I-N-N. C'est bien cela ? Oui, il a frappé un coup
pour dire « Oui ». Quinn, avez-vous un message ? Oui.
Pour moi ? Pour John ? Pour Sarah ? Pour Evelyn ?... Non.
Mais il n'y a personne d'autre... Oh ! pour Mr Satterthwaite ? Il dit « Oui » ! Mr Satterthwaite, il y a un message
pour vous.

– Lequel ?

Mr Satterthwaite était désormais tout à fait réveillé,
droit, les yeux brillants.

La table bougea et une jeune femme compta.

– L-I-D. C'est impossible... ça n'a pas de sens. Je ne
connais pas un seul mot commençant par L-I-D.

– Continuez ! dit Mr Satterthwaite, sur un ton si impérieux qu'il fut obéi sans discussion.

– LIDEL et encore un L... Voilà, c'est apparemment
tout.

– Continuez.

– Soyez plus précis, s'il vous plaît.

Silence.

– Ça a l'air terminé. La table ne bouge absolument plus. C'est idiot.

– Non, murmura Mr Satterthwaite. Je ne pense pas que ce soit idiot.

Il se leva, sortit et se dirigea tout droit vers le téléphone. Il ne tarda pas à obtenir la communication.

– Pourrais-je parler à miss Keeley ? C'est vous, ma chère Madge ? Je voudrais revenir sur ma décision, si vous le permettez, et accepter votre aimable invitation. Après tout, il n'est pas si urgent que je retourne en ville. Oui... oui... je serai là pour le dîner.

Il raccrocha, ses joues ridées étrangement rouges. Mr Quinn, l'énigmatique Mr Harley Quinn... Mr Satterthwaite compta sur ses doigts le nombre de fois où il avait été amené à côtoyer cet homme auréolé de mystère. Là où Mr Quinn intervenait, des événements extraordinaires se produisaient ! Que s'était-il passé – ou qu'allait-il se passer – à Lidell ?

En tout cas, il y avait du travail en perspective pour lui, Mr Satterthwaite. D'une manière ou d'une autre, il aurait un rôle actif à jouer. C'était une certitude.

Lidell était une vaste demeure. Son propriétaire, David Keeley, comptait parmi ces hommes silencieux, à la personnalité imprécise, qui semblent faire partie des meubles. Leur insignifiance n'est cependant pas due à l'absence de capacités intellectuelles : David Keeley était un mathématicien remarquable, auteur d'un ouvrage totalement incompréhensible pour quatre-vingt-dix-neuf pour cent de l'humanité. Mais, comme beaucoup d'hommes à l'intellect exceptionnel, il manquait de vitalité et de magnétisme. En manière de plaisanterie, on disait de David Keeley que c'était l'« homme invisible ». Les serviteurs omettaient de lui passer le plat de légumes, et les invités oubliaient de lui dire bonjour ou au-revoir.

Sa fille, Madge, était toute différente : très directe, débordante de vie et d'énergie. Réfléchie, saine, normale, et extrêmement jolie.

Ce fut elle qui accueillit Mr Satterthwaite à son arrivée.

– Comme c'est gentil d'être venu... tout de même.

– C'est plutôt moi qui dois vous remercier d'avoir accepté que je change d'avis. Madge, ma chère, vous avez l'air en pleine forme.

– Oh ! je suis toujours en forme.

– Oui, je sais. Mais ce n'est pas seulement cela. Vous semblez... « radieuse », voilà le mot qui me vient à l'esprit. Y aurait-il du nouveau, ma chère ? Un événement... exceptionnel ?

Elle rit, rosit.

– C'est décourageant, Mr Satterthwaite. Vous devinez toujours tout.

Il lui prit la main.

– Alors, c'est cela ? L'homme idéal est arrivé ?

C'était une expression démodée, mais Madge ne releva pas. Elle aimait bien les manières démodées de Mr Satterthwaite.

– Je crois, oui. Mais personne n'est censé savoir. C'est un secret. Remarquez, ça ne me dérange pas que vous soyez au courant, Mr Satterthwaite. Vous êtes toujours si gentil et compréhensif.

Mr Satterthwaite adorait vivre des histoires d'amour par procuration. Il était sentimental et victorien.

– Inutile de vous demander qui est l'heureux élu, j'imagine ? Dans ce cas, je dirai simplement ceci : j'espère qu'il est digne de l'honneur que vous lui faites.

« Un amour, ce vieux Mr Satterthwaite », pensa Madge.

– Oh ! je crois que nous allons nous entendre merveilleusement bien, dit-elle. Voyez-vous, nous aimons les mêmes choses ce qui est déjà un avantage formidable, n'est-ce pas ? Nous avons des tas de choses en commun et nous savons tout l'un de l'autre, tout ça. En fait, nous nous connaissons depuis longtemps. C'est beaucoup plus agréable et sécurisant, n'est-ce pas ?

– Absolument, reconnut Mr Satterthwaite. Mais, si j'en crois mon expérience, on ne peut jamais vraiment tout savoir de quelqu'un. Cela fait partie du charme et de l'intérêt de l'existence.

– Je prends le risque, dit Madge en riant, puis ils montèrent s'habiller pour le dîner.

Mr Satterthwaite fut en retard. Il n'avait pas amené de valet de chambre, et il s'affolait toujours un peu lorsqu'un inconnu avait déballé ses affaires. Tout le monde était là quand il descendit et, dans le style moderne, Madge dit simplement :

– Ah ! voilà Mr Satterthwaite. À table ! je meurs de faim. Allons-y.

Elle précéda les autres dans la salle à manger, en compagnie d'une grande femme aux cheveux gris – une femme remarquable. Sa voix était très nette, un peu tranchante, et son visage aux traits bien dessinés ne manquait pas d'une certaine beauté.

– Comment ça va, Satterthwaite ? dit Mr Keeley.

Mr Satterthwaite sursauta.

– Ça va, répondit-il. Je ne vous avais pas vu.

– C'est toujours comme ça, fit tristement Mr Keeley.

Ils entrèrent. La table était ovale, en acajou. Mr Satterthwaite se trouva placé entre sa jeune hôtesse et une petite brune pleine d'énergie, dont la voix forte et le rire sonore exprimaient plutôt la volonté d'être optimiste à tout prix que la véritable gaieté. Prénommée Doris, elle appartenait à la catégorie de jeunes femmes que Mr Satterthwaite ne supportait pas. Sur le plan artistique, estimait-il, son existence ne se justifiait pas.

De l'autre côté de Madge il y avait un homme d'une trentaine d'années, dont la ressemblance avec la femme aux cheveux gris indiquait clairement qu'ils étaient mère et fils.

Près de lui...

Mr Satterthwaite sursauta.

Il n'aurait pas pu dire exactement ce que c'était. Ce n'était pas la beauté. C'était autre chose... quelque chose de plus indéfinissable, de plus impalpable que la beauté.

Mr Keeley entretenait laborieusement la conversation et elle écoutait, la tête légèrement penchée. Présente, elle semblait cependant absente. En fait, elle paraissait beaucoup moins réelle que les autres convives. La façon dont son corps s'inclinait sur le côté était belle, plus que belle. Elle leva la tête, son regard croisa celui de Mr Satterthwaite et le mot qu'il cherchait lui vint à l'esprit.

Féerique, voilà. Elle était d'une nature féerique. Elle évoquait ces créatures à demi-humaines du Peuple Caché, qui habitent les collines creuses. Comparés à elle, les autres semblaient presque trop réels...

Mais en même temps, chose curieuse, elle suscitait la compassion. Tout se passait comme si elle était diminuée par sa condition de créature à demi-humaine. Il chercha l'expression appropriée et la trouva.

Un oiseau à l'aile brisée, dit Mr Satterthwaite.

Satisfait, il reporta son attention sur le scoutisme féminin, et espéra que la jeune Doris n'avait pas remarqué sa distraction. Lorsqu'elle se tourna vers son voisin de droite, un homme que Mr Satterthwaite avait à peine remarqué, il se tourna lui-même vers Madge.

— Qui est cette femme, à côté de votre père ? demanda-t-il à voix basse.

— Mrs Graham ? Ah ! non, vous voulez dire Mabelle. Vous ne la connaissez donc pas ? Mabelle Annesley. Elle est née Clydesley vous savez, les malheureux Clydesley.

Il tressaillit. Les malheureux Clydesley... Il se souvint. Un garçon s'était brûlé la cervelle, une fille s'était noyée, une autre avait péri dans un tremblement de terre. Une famille bizarrement maudite. Cette jeune fille devait être la plus jeune.

Il fut soudain rappelé à ses devoirs. Madge lui toucha la main sous la table. Les autres bavardaient. Elle inclina légèrement la tête sur sa gauche.

– C'est lui, murmura-t-elle.

Mr Satterthwaite hocha la tête pour montrer qu'il avait entendu. Ainsi, ce jeune Graham était l'homme que Madge avait choisi. Eh bien! elle aurait difficilement pu trouver mieux, du moins à première vue, et Mr Satterthwaite était un fin observateur avisé. Un jeune homme sympathique, agréable, plutôt prosaïque. Ce serait un beau couple... raisonnables tous les deux... des jeunes gens sains, solides et sociables.

Lidell fonctionnait suivant les anciens usages. Les femmes quittèrent la salle à manger les premières. Mr Satterthwaite alla trouver Graham et engagea la conversation. Elle le confirma dans son opinion favorable, pourtant il eut l'impression très nette que quelque chose n'allait pas. Roger Graham était distrait, ailleurs, et sa main trembla lorsqu'il posa son verre sur la table.

« Il est préoccupé, se dit finement Mr Satterthwaite. À mon avis, ce n'est pas aussi grave qu'il le croit. Tout de même, je me demande pourquoi. »

Mr Satterthwaite était accoutumé à prendre des pastilles digestives après le repas. Comme il avait négligé de les apporter, il monta les chercher dans sa chambre.

Pour regagner le salon, il emprunta le long couloir du rez-de-chaussée. À mi-chemin de ce couloir se trouvait une pièce baptisée « jardin d'hiver ». Mr Satterthwaite jeta un coup d'œil par la porte ouverte, en passant, et s'arrêta net.

Le clair de lune entrait dans la pièce. Les vitres grillagées lui imprimaient une étrange vibration rythmique. Assise légèrement inclinée sur l'appui de la fenêtre, une silhouette pinçait doucement les cordes d'une guitare hawaïenne – non pas sur un tempo de jazz mais sur une cadence beaucoup plus ancienne, évoquant le galop de chevaux féeriques dans des montagnes féeriques.

Mr Satterthwaite resta immobile, fasciné. Elle portait une robe bleu foncé, en terne mousseline ruchée et plissée, qui faisait penser au plumage d'un oiseau. Penchée sur son instrument, elle fredonnait.

Lentement, pas à pas, il entra. Il était déjà près d'elle lorsqu'elle leva la tête et le vit. Elle ne sursauta pas, remarqua-t-il, ne parut pas étonnée.

– J'espère que je ne vous dérange pas, commença-t-il.

– Je vous en prie... asseyez-vous.

Il s'installa près d'elle, sur une chaise en chêne verni tandis qu'elle chantonnait à mi-voix.

– C'est une soirée magique, dit-elle. Ne trouvez-vous pas ?

– Oui, il y avait beaucoup de magie dans l'air.

– Les autres m'ont demandé d'aller chercher ma guitare, expliqua-t-elle. Quand je suis passée devant cette pièce, je me suis dit qu'il serait charmant de rester seule ici... dans le noir, avec la lune.

– Dans ce cas, je...

Mr Satterthwaite voulut se lever, mais elle ne le laissa pas aller jusqu'au bout de son geste.

– Non, ne partez pas. Vous... vous êtes à votre place, ici. C'est drôle, mais c'est ainsi.

Il se réinstalla.

– Étrange soirée, reprit-elle. Je suis allée me promener dans la forêt, en fin d'après-midi, et j'ai rencontré un homme... un homme comme je n'en ai jamais vu : grand et ténébreux, comme une âme en peine. Le soleil se couchait, et ses rayons, à travers les arbres, lui faisaient une sorte de costume d'Arlequin.

– Ah !

Mr Satterthwaite se pencha ; sa curiosité grandit.

– J'ai voulu lui parler... Il... il ressemblait beaucoup à quelqu'un que je connais. Mais je l'ai perdu parmi les arbres.

– Je crois savoir qui c'est, dit Mr Satterthwaite.

– Vraiment ? Il est... intéressant, n'est-ce pas ?

– Oui, il est intéressant.

Il y eut un silence. Mr Satterthwaite fut embarrassé. Il lui sembla qu'il devait faire quelque chose – mais il ignorait ce que c'était. Cependant, il y avait sûrement un lien avec cette jeune fille. Sûrement. Il dit, assez maladroitement :

– Parfois... quand on est malheureux... on a envie de fuir...

– Oui, c'est vrai. (Elle s'interrompit brusquement.) Oh ! je vois ce que vous voulez dire. Mais vous vous trompez. C'est tout le contraire ! J'avais envie d'être seule parce que je suis heureuse.

– Heureuse ?

– Terriblement heureuse.

Elle parlait très doucement, mais Mr Satterthwaite sursauta soudain. Ce que cette étrange jeune fille entendait par être heureuse ne ressemblait pas à ce que les mêmes mots signifiaient pour Madge Keeley. Le bonheur, pour Mabelle Annesley, impliquait une sorte d'extase intense et radieuse, un état qui n'était pas seulement humain, mais plus qu'humain. Il se tassa légèrement sur lui-même.

– Je... je n'étais pas au courant, dit-il maladroitement.

– Évidemment, vous ne pouvez pas le savoir. D'ailleurs, ce n'est pas encore fait je ne suis pas heureuse... mais je vais bientôt l'être. (Elle se pencha vers lui.) Savez-vous ce que l'on éprouve au milieu d'une forêt, une grande forêt avec des ombres noires et des arbres tout autour de soi, une forêt dont on ne pourra peut-être jamais sortir... et que l'on voit soudain, juste devant soi, le pays de ses rêves... lumineux, magnifique... Pour y entrer, il suffit de laisser les arbres et les ténèbres derrière soi...

– Beaucoup de choses semblent belles, dit Mr Satterthwaite aussi longtemps qu'elles nous échappent. Ce sont souvent les choses les plus hideuses qui paraissent les plus belles...

Mr Satterthwaite tourna la tête en entendant des pas. Un homme blond, au visage stupide, fermé, était entré. C'était l'inconnu qu'il avait failli ne pas voir pendant le dîner.

– Ils t'attendent, Mabelle, dit-il.

Elle se leva. Son visage avait perdu toute son expression, sa voix fut neutre et calme :

– Je viens, Gérard, dit-elle. Je bavardais avec Mr Satterthwaite.

Elle sortit du jardin d'hiver, Mr Satterthwaite à sa suite. Il jeta un coup d'œil par-dessus l'épaule au passant, et surprit l'expression du mari de Mabelle. Un visage avide, désespéré.

« Prisonnier de la féerie, songea Mr Satterthwaite. Et il s'en rend très bien compte. Pauvre garçon... pauvre garçon. »

Le salon était brillamment éclairé. Les reproches de Madge et Doris Coles furent véhéments.

– Mabelle, espèce de chameau, tu en a mis un temps !

Elle s'assit sur un tabouret bas, accorda sa guitare hawaïenne et chanta. Les autres mêlèrent leurs voix à la sienne.

« Est-il possible, pensa Mr Satterthwaite, que l'on ait écrit tant de chansons idiotes sur *My Baby* ? »

Mais il devait reconnaître que les mélodies plaintives,

et syncopées étaient émouvantes. Bien entendu, elles étaient bien loin de valoir les valses d'autrefois.

La fumée s'accumula. Le rythme syncopé continua.

« Pas de conversation, pensa Mr Satterthwaite. Pas de bonne musique. Pas de *tranquillité*. » Il aurait voulu que le monde ne soit pas devenu aussi bruyant.

Soudain, Mabelle Annesley s'interrompit, lui adressa un sourire et se mit à chanter une mélodie de Grieg.

– *Mon cygne, ô mon beau cygne...*

C'était un des morceaux préférés de Mr Satterthwaite. Il aimait la note de surprise ingénue, à la fin :

– *Vous n'étiez donc qu'un cygne ? Rien qu'un cygne ?*

Ensuite, les invités se dispersèrent. Pendant que Madge offrait à boire, son père prit la guitare hawaïenne et pinça distraitement les cordes. On se dit « Bonne nuit », et l'on se dirigea progressivement vers la porte. Tout le monde parlait en même temps. Gérard Annesley s'éclipsa discrètement, abandonnant les autres.

Sur le seuil du salon, Mr Satterthwaite prit cérémonieusement congé de Mrs Graham. Il y avait deux escaliers : le premier à proximité, l'autre au bout d'un long couloir. Pour gagner sa chambre, Mr Satterthwaite devait prendre le second. Mrs Graham et son fils empruntèrent l'autre escalier, où Gérard Annesley les avait silencieusement précédés.

– Tu devrais prendre ta guitare, Mabelle, dit Madge. Sinon tu l'oublieras demain matin. Tu dois partir tellement tôt.

– Venez, Mr Satterthwaite, dit Doris Coles, le saisissant impétueusement par le bras. Couché tôt... etc.

Madge prit l'autre bras et ils coururent jusqu'au bout du couloir, Doris riant aux éclats. Arrivés au pied de l'escalier, ils attendirent David Keeley qui suivait à une allure plus pondérée, éteignant les lampes. Ils montèrent tous ensemble.

Mr Satterthwaite se préparait à descendre à la salle à manger pour le petit déjeuner, le lendemain matin, quand on frappa discrètement à sa porte. Madge Keeley entra. Son visage était d'une pâleur mortelle et elle tremblait de tous ses membres.

– Oh ! Mr Satterthwaite

– Que se passe-t-il, ma chère enfant ? dit-il en lui prenant la main.

– Mabelle... Mabelle Annesley...

– Eh bien ?

Qu'était-il arrivé ? Un terrible malheur, aucun doute. Madge articula à grand-peine :

– Elle... elle s'est pendue cette nuit... derrière sa porte. Oh ! c'est trop horrible...

Les sanglots l'obligèrent à s'interrompre.

Elle s'est pendue ? Impossible. Incompréhensible !

Il adressa quelques paroles réconfortantes et démodées à Madge, puis descendit en toute hâte. Il rencontra David Keeley, perplexe et dépassé par les événements.

– J'ai téléphoné à la police, Satterthwaite. C'est apparemment indispensable. D'après le médecin, en tout cas. Il vient juste de terminer l'examen de... du... Bon sang, quelle horrible histoire ! Elle devait être désespérément malheureuse pour en finir de cette façon... Bizarre, cette chanson, hier soir. Le Chant du cygne, hein ? Elle faisait tout à fait penser à un cygne... un cygne noir.

– Oui.

– Le chant du cygne, répéta Keeley. Ça montre qu'elle y pensait déjà, hein ?

– On le dirait... Oui, on dirait bien.

Il hésita puis demanda s'il pouvait la voir... enfin, si...

Son hôte comprit ses explications embarrassées.

– Si vous voulez. J'oubliais que vous avez une prédilection pour les tragédies humaines.

Il prit l'escalier principal. Mr Satterthwaite le suivit. En haut se trouvait la chambre de Roger Graham et, en face, de l'autre côté du couloir, celle de sa mère. La porte de cette dernière était entrouverte et un mince filet de fumée filtrait par l'entrebâillement.

Sur le moment, Mr Satterthwaite fut étonné. Selon lui, Mrs Graham n'était pas du genre à fumer le matin. En réalité, il avait même l'impression qu'elle ne fumait pas du tout.

Ils suivirent le couloir jusqu'à l'avant-dernière porte. David Keeley entra dans la chambre, Mr Satterthwaite sur ses talons.

La pièce n'était pas très grande et avait manifestement été occupée par un homme. Une porte donnait sur une deuxième chambre. Un morceau de corde pendait encore à un crochet, dans la partie supérieure de la porte. Sur le lit...

Mr Satterthwaite resta une minute immobile, les yeux fixés sur la mousseline froissée. Il constata qu'elle était ruchée, plissée et évoquait le plumage d'un oiseau. Le visage, après un bref coup d'œil, il ne le regarda plus.

Ses yeux passèrent de la porte où pendait le morceau de corde à celle par laquelle ils étaient entrés.

– Etait-elle ouverte ? demanda-t-il.

– Oui. Enfin, d'après la bonne.

– Annesley dormait à côté ? A-t-il entendu quelque chose ?

– D'après lui... rien.

– Presque incroyable, murmura Mr Satterthwaite, se tournant une nouvelle fois vers la silhouette étendue sur le lit. Où est-il ?

– Annesley ? En bas, avec le médecin.

Ils descendirent et constatèrent qu'un inspecteur de police venait d'arriver. Mr Satterthwaite fut agréablement surpris de reconnaître une de ses vieilles relations, l'inspecteur Winkfield. L'inspecteur monta dans la chambre en compagnie du médecin et, quelques minutes plus tard, il fut demandé à toutes les personnes présentes de se réunir au salon.

On avait baissé les stores et une atmosphère funèbre régnait dans la pièce. Doris Coles semblait effrayée, dépressive. Elle se tamponnait continuellement les yeux avec un mouchoir. Déterminée, vigilante, Madge avait recouvré tout son sang-froid. Mrs Graham, le visage grave et impassible, était parfaitement maîtresse d'elle-même, comme toujours. Son fils, en revanche, paraissait plus affecté que les autres par la tragédie : il semblait complètement à la dérive, ce matin. David Keeley, comme d'habitude, se confondait avec le décor.

Le mari éploré était seul assis, un peu à l'écart. Il paraissait étrangement hébété, comme s'il ne se rendait pas tout à fait compte de ce qui s'était passé.

Mr Satterthwaite, calme en apparence, était intérieurement très perturbé par l'importance du devoir qu'il lui faudrait bientôt remplir.

L'inspecteur Winkfield entra, suivi du Dr Morris, et ferma la porte derrière lui. Il s'éclaircit la voix et prit la parole.

– C'est un événement très regrettable... très regrettable, aucun doute. Compte tenu des circonstances, il est nécessaire que je pose quelques questions à chacun d'entre vous. Vous n'y verrez certainement pas d'objection. Je vais commencer par Mr Annesley. Vous me pardonnerez de vous demander cela, monsieur, mais votre épouse a-t-elle déjà menacé de mettre fin à ses jours ?

Mr Satterthwaite ne put s'empêcher d'ouvrir la bouche, mais la ferma aussitôt. Il avait tout le temps. Mieux valait ne pas parler trop tôt.

– Je... non, je ne crois pas.

Sa voix fut si hésitante, si bizarre que les autres lui lancèrent un coup d'œil furtif.

— Vous n'en êtes pas sûr, monsieur ?

— Si, je... tout à fait sûr. Elle n'a jamais menacé de se suicider.

— Tiens ! À votre connaissance, elle n'était pas malheureuse ?

— Non, je... Non, pas que je sache.

— Elle ne vous a rien dit ? Qu'elle se sentait déprimée, par exemple ?

— Je... Non, rien.

Quelle qu'ait été son opinion, l'inspecteur la garda pour lui. Il passa simplement à l'étape suivante :

— Voulez-vous me raconter brièvement ce qui s'est passé hier soir ?

— Nous... nous sommes tous montés nous coucher. Je me suis endormi immédiatement et je n'ai rien entendu. Ce matin, c'est le cri de la bonne qui m'a réveillé. Je me suis précipité dans la chambre voisine et j'ai trouvé ma femme... je l'ai trouvée...

Sa voix se brisa. L'inspecteur hocha la tête.

— Oui, oui, c'est amplement suffisant. Inutile de revenir là-dessus. Quand avez-vous vu votre femme pour la dernière fois, hier soir ?

— Je... En bas.

— En bas ?

— Oui, nous sommes sortis du salon tous ensemble. Je suis monté directement, laissant les autres bavarder dans le hall.

— Et vous n'avez pas revu votre femme ? N'est-elle pas passée vous dire bonne nuit, quand elle est montée à son tour ?

— Je dormais déjà.

— Pourtant, elle ne vous a suivi que quelques minutes plus tard. C'est bien cela, monsieur ?

Il avait adressé ces derniers mots à David Keeley, qui acquiesça.

— Une demi-heure plus tard, elle n'était toujours pas arrivée. Annesley fut catégorique.

L'inspecteur se tourna tranquillement vers Mrs Graham.

— Elle n'est pas allée bavarder avec vous, madame ?

Fût-ce son imagination, ou bien Mr Satterthwaite perçut-il un bref silence avant la réponse ferme et décisive de Mrs Graham ?

— Non, je suis montée directement dans ma chambre et j'ai fermé la porte. Je n'ai rien entendu.

L'inspecteur reporta son attention sur Annesley :

— Et vous dites, monsieur, que vous dormiez et n'avez rien entendu. La porte de communication était ouverte, n'est-ce pas ?

— Je... je crois, oui. Mais, logiquement, ma femme est entrée par l'autre porte, celle du couloir.

— Néanmoins, monsieur, il y a des bruits qui n'auraient pas dû vous échapper, des râles, le martèlement de talons contre la porte...

— *Non !*

Ce fut Mr Satterthwaite qui intervint, impulsivement, incapable de s'en empêcher. Sous l'effet de la surprise, tous les regards se tournèrent vers lui. Il se troubla, balbutia, rosit.

— Je... je m'excuse, inspecteur. Mais il faut que je parle. Vous êtes sur la mauvaise piste. La mauvaise piste, absolument. Mrs Annesley ne s'est pas suicidée. J'en suis sûr. On l'a assassinée.

Le silence fut total. Puis l'inspecteur s'enquit calmement :

— Qu'est-ce qui vous conduit à cette conclusion, monsieur ?

— Je... c'est une intuition. Une intuition très forte.

– Mais, monsieur, ce n'est sûrement pas tout. Il doit bien y avoir une raison précise.

Il y avait, bien entendu, une raison précise. Il y avait le mystérieux message de Mr Quinn. Mais allez donc dire cela à un inspecteur de police. Mr Satterthwaite chercha désespérément une solution, en vain.

– Hier soir, nous avons bavardé et elle m'a dit qu'elle était très heureuse. Très heureuse exactement. Ce ne sont pas là les paroles d'une femme qui songe à se suicider.

Triomphant, il ajouta :

– Elle est retournée chercher sa guitare hawaïenne au salon, afin de ne pas l'oublier le lendemain matin. Cela non plus ne plaide pas en faveur du suicide.

– Non, reconnut l'inspecteur. Non, apparemment pas. (Il se tourna vers David Keeley.) A-t-elle emporté sa guitare à l'étage ?

Le mathématicien fit un effort de mémoire.

– Il me semble... oui, elle est montée avec. Je me souviens de l'avoir aperçue au moment où Mrs Annesley tournait à l'angle de l'escalier, avant d'éteindre en bas.

– Oh ! s'écria Madge. Mais alors, que fait-elle ici ?

D'un geste théâtral, elle montra la guitare hawaïenne posée sur une table.

– C'est curieux, dit l'inspecteur.

Il traversa rapidement la pièce et tira le cordon de sonnette.

Un ordre bref envoya le maître d'hôtel à la recherche de la bonne chargée de faire les chambres le matin. Elle vint et sa réponse fut sans ambiguïté. La guitare était déjà là quand elle avait balayé le salon, aux premières heures de la matinée.

L'inspecteur Winkfield la congédia puis dit sèchement :

– Je voudrais parler à Mr Satterthwaite en particulier, s'il vous plaît. Vous pouvez nous laisser. Mais personne ne doit quitter la maison.

Mr Satterthwaite prit précipitamment la parole dès que la porte fut fermée derrière les autres.

— Je... je suis absolument sûr, inspecteur, que vous avez l'affaire en main. Absolument. J'ai simplement pensé... compte tenu, comme je l'ai dit, d'une intuition très forte...

L'inspecteur interrompit ce flot de paroles d'un geste de la main :

— Vous avez tout à fait raison, Mr Satterthwaite. La victime a été assassinée.

— Vous le saviez ? fit Mr Satterthwaite, dépité.

— Plusieurs détails ont troublé le Dr Morris.

Il se tourna vers le médecin, qui était resté et confirma d'un signe de tête.

— Nous avons procédé à un examen approfondi, reprit le policier. La corde qui se trouvait autour de son cou n'est pas celle qui a servi à l'étrangler : on a utilisé quelque chose de beaucoup plus fin, sans doute du fil de fer, qui a entamé la chair. La marque de la corde est superposée. On l'a étranglée, puis pendue à la porte pour faire croire à un suicide.

— Mais qui... ?

— Oui, dit l'inspecteur. Qui ? Voilà la question. Pourquoi pas le mari, qui dormait dans la chambre voisine, n'a pas pris la peine de souhaiter bonne nuit à sa femme et n'a rien entendu ? Nous n'avons pas eu besoin de chercher bien loin. Il faut savoir quelles étaient leurs relations. C'est là que vous pouvez nous être utile, Mr Satterthwaite. Vous avez vos entrées ici, vous êtes mieux placé que nous pour saisir le dessous des choses. Tâchez de découvrir comment ces deux-là s'entendaient.

— Je n'aime guère... commença Mr Satterthwaite avec raideur.

— Ce ne sera pas la première fois que vous nous aiderez à élucider un meurtre. Je n'ai pas oublié le cas de

Mrs Strangeways. Vous avez du *flair* pour ces choses-là, monsieur. Un flair infaillible.

Oui, c'était vrai : *il avait du flair.* Il dit modestement :
— Je ferai de mon mieux, inspecteur.

Gérard Annesley avait-il tué sa femme ? Était-ce possible ? Mr Satterthwaite se souvint de son visage désespéré la veille au soir. Il l'aimait et souffrait. La souffrance pousse souvent l'homme à des actes inexplicables.

Mais ce n'était pas tout... Il y avait un autre élément. Mabelle avait dit qu'elle se voyait sortir d'une forêt... elle allait vers un bonheur, pas un bonheur paisible, rationnel, mais un bonheur essentiellement irrationnel... une extase débridée...

Si Gérard Annesley disait la vérité, Mabelle était montée dans sa chambre au moins une demi-heure après lui. Et pourtant, David Keeley l'avait vue dans l'escalier. Dans cette aile, deux autres chambres étaient occupées : celle de Mrs Graham et celle de son fils.

Son fils ? Mais lui et Madge...

Madge aurait sûrement deviné... Mais, elle n'était pas du genre à deviner. N'empêche : jamais de fumée sans feu... Fumée ?

Ah ! il se souvenait. *Un peu de fumée sortant de la chambre de Mrs Graham par la porte entrebâillée.*

Il ne prit pas le temps de réfléchir. Montant l'escalier quatre à quatre, il entra dans sa chambre vide. Il ferma la porte à clef derrière lui.

Il gagna la cheminée. Une pile de fragments carbonisés. Très prudemment, il les étala du bout du doigt. La chance lui sourit. Au cœur de la pile, il trouva quelques fragments non brûlés... des morceaux de lettres...

Des bribes très décousues qui lui fournirent néanmoins une information capitale.

La vie peut être merveilleuse, Roger chéri. Je le

découvre seulement maintenant... Avant de te rencontrer, Roger, je vivais dans un rêve.

Gérard sait, je crois... Je regrette, mais que puis-je faire ? Rien n'existe en dehors de toi, Roger... Nous serons ensemble, bientôt...

Que comptes-tu lui dire, Roger, quand nous viendrons à Lidell ? Ta dernière lettre était étrange... mais je n'ai pas peur...

Très soigneusement, Mr Satterthwaite glissa les morceaux de papier dans une enveloppe trouvée sur la table. Il gagna la porte, l'ouvrit, la tira... et se trouva nez à nez avec Mrs Graham.

Ce fut un instant embarrassant et Mr Satterthwaite, pendant quelques instants, ne fit pas bonne figure. Il attaqua le problème de front, ce qui était peut-être la meilleure solution.

— Je fouillais votre chambre, Mrs Graham. J'ai trouvé quelque chose... Un paquet de lettres incomplètement brûlées.

L'inquiétude altéra ses traits. Cela ne dura que l'espace d'un éclair, mais ce ne fut pas une illusion.

— Des lettres de Mrs Annesley à votre fils.

Après une hésitation, elle reconnut calmement :

— C'est exact. J'ai jugé préférable de les détruire.

— Pour quelle raison ?

— Mon fils est fiancé. Ces lettres, si on les avait découvertes à la suite du suicide de cette malheureuse... auraient sans doute causé beaucoup de souffrances et de difficultés.

— Votre fils pouvait les brûler lui-même.

Elle n'avait pas prévu cette objection. Mr Satterthwaite poussa son avantage :

— Vous avez trouvé ces lettres dans la chambre de votre fils et vous les avez apportées chez vous pour les brûler. Pourquoi ? Vous aviez peur, Mrs Graham ?

– Je n'ai pas l'habitude de céder à la peur, monsieur Satterthwaite.

– Non, mais la situation était désespérée.

– Désespérée ?

– Votre fils risquait d'être arrêté... pour meurtre.

– Pour meurtre ?

Il la vit blêmir. Il enchaîna rapidement :

– Hier soir, vous avez entendu Mrs Annesley entrer dans la chambre de votre fils. Lui avait-il parlé de ses fiançailles... ? Non, je vois que non. Il lui a annoncé la nouvelle à ce moment-là. Ils se sont disputés, et il...

– C'est un mensonge !

Ils étaient si absorbés par leur guerre des mots qu'ils n'entendaient rien lorsque des pas approchèrent. Roger Graham était discrètement monté derrière eux.

– Laissez, mère... Ne vous inquiétez pas. Venez dans ma chambre, Mr Satterthwaite.

Le vieux monsieur le suivit. Mrs Graham tourna les talons et ne tenta pas de les accompagner. Roger Graham ferma la porte derrière eux.

– Alors, Mr Satterthwaite, vous croyez que j'ai tué Mabelle. Je l'aurais étranglée, ici, et je serais ensuite allé la pendre à cette porte, plus tard, une fois les autres endormis ?

Mr Satterthwaite le regarda fixement. Puis, contre toute attente, il répondit :

– Non, ce n'est pas ce que je crois.

– Dieu merci ! Je n'aurais pas pu tuer Mabelle. Je... je l'aimais... je ne sais pas. C'est si compliqué que je ne sais plus où j'en suis. J'aime beaucoup Madge, depuis toujours. C'est une très chic fille. Nous sommes faits pour nous entendre. Mais Mabelle, c'était différent. C'était... comment dire... en quelque sorte féerique. En fait, je crois... que j'avais peur d'elle.

Mr Satterthwaite hocha la tête.

C'était de la folle... une extase totalement déroutante... Mais c'était impossible. Cela n'aurait pas marché. Ces choses-là ne durent pas. Désormais, je sais ce que l'on éprouve lorsque l'on est ensorcelé.

— Oui, ce devait être cela, fit Mr Satterthwaite, songeur.

— Je... je voulais en finir. J'avais l'intention d'avertir Mabelle hier soir.

— Mais vous ne l'avez pas fait ?

— Non, dit Graham. Je vous jure, Mr Satterthwaite, que je ne l'ai pas vue après lui avoir dit bonsoir, en bas.

— Je vous crois, dit Mr Satterthwaite.

Il se leva. Roger Graham n'avait pas tué Mabelle Annesley. Il aurait pu la fuir, mais pas la tuer. Il avait peur d'elle, peur de son charme indéfinissable, féerique. Il avait connu l'extase et lui avait tourné le dos. Il préférait la solution raisonnable, celle qui avait les meilleures chances de «marcher» et renonçait au rêve impalpable qui risquait de l'entraîner vers l'inconnu.

C'était un jeune homme sage et, de ce fait, sans intérêt, aux yeux de Mr Satterthwaite, qui était un artiste et savait apprécier la vie.

Il laissa Roger Graham dans sa chambre et gagna le rez-de-chaussée. Le salon était vide. La guitare hawaïenne de Mabelle se trouvait sur un tabouret, près de la fenêtre. Il la prit et pinça distraitement les cordes. Il ignorait tout de cet instrument, mais avait suffisamment d'oreille pour se rendre compte qu'il était abominablement désaccordé. Il se risqua à tourner une cheville.

Doris Coles entra. Elle lui adressa un regard de reproche.

— La guitare de cette pauvre Mabelle !

Son attitude clairement réprobatrice donna à Mr Satterthwaite envie d'insister.

— Accordez-la, dit-il, et il ajouta : si vous savez.

– Je sais, évidemment, répliqua Doris, refusant d'être prise pour une idiote.

Elle prit l'instrument, pinça une corde, tourna énergiquement une cheville... et la corde cassa.

– Allons, bon ! Oh ! je vois... Ça, c'est extraordinaire ! Il y a une erreur... cette corde est trop grosse. C'est une corde de « la ». C'est stupide de l'avoir mise là. Elle casse quand on tente de l'accorder, évidemment. Les gens sont vraiment stupides.

– Oui, dit Mr Satterthwaite. Exactement, même quand ils se croient intelligents...

Il prononça ces mots sur un ton si bizarre qu'elle le regarda avec étonnement. Il reprit la guitare et retira la corde cassée. Il sortit avec. Dans la bibliothèque, il rencontra David Keeley.

– Tenez, dit-il.

Il tendit la corde. Keeley la prit.

– Qu'est-ce que c'est ?

– Une corde de guitare cassée.

Il s'interrompit, puis reprit :

– *Qu'avez-vous fait de l'autre ?*

– L'autre ?

– *Celle qui vous a servi à étrangler Mabelle Annesley.* C'était très intelligent, n'est-ce pas ? Cela n'a pris qu'un instant... pendant que nous étions tous en train de rire et bavarder dans le hall.

» Mabelle est revenue chercher sa guitare hawaïenne. Quelques instants plus tôt, pendant que vous tripotiez l'instrument, vous en aviez ôté une corde. Vous la lui avez passée autour du cou et vous l'avez étranglée. Puis vous êtes sorti, vous avez fermé la porte à clef, et nous avez rejoints. Plus tard, au milieu de la nuit, vous êtes descendu et... et vous vous êtes débarrassé du corps en le pendant à la porte de sa chambre. Ensuite vous avez remplacé la corde de guitare... *mais ce n'était pas la bonne,* c'est pourquoi vous avez été stupide.

Il y eut un silence.

— Mais pourquoi l'avez-vous tuée ? demanda Mr Satterthwaite. Au nom du ciel, *pourquoi ?*

Mr Keeley rit, un drôle de petit gloussement qui donna carrément envie de vomir à Mr Satterthwaite.

— C'était trop facile, dit-il. Voilà pourquoi ! Et puis... les gens ne font jamais attention à moi. Les gens ne s'intéressent jamais à ce que je fais. Je me suis dit... je me suis dit que ce serait un bon tour à leur jouer.

Et il se remit à rire, du même gloussement sournois, regardant Mr Satterthwaite avec des yeux de fou.

L'inspecteur Winkfield choisit cet instant pour entrer dans la pièce et Mr Satterthwaite en fut heureux.

Vingt-quatre heures plus tard, regagnant Londres, Mr Satterthwaite s'endormit et s'aperçut, à son réveil, qu'un homme brun, de haute taille, s'était installé en face de lui dans le compartiment. Il n'en fut pas tellement étonné.

— Cher Mr Quinn !

— Oui... me voilà.

Mr Satterthwaite murmura :

— Je voudrais pouvoir me cacher. Je suis confus... J'ai échoué.

— En êtes-vous sûr ?

— Je ne l'ai pas sauvée.

— Mais vous avez découvert la vérité ?

— Oui... c'est exact. Sans moi, Annesley ou Graham auraient peut-être été accusés – peut-être même condamnés. J'ai donc de toute façon sauvé la vie d'un homme. Mais elle... Elle... Cette créature étrange, féerique...

Sa voix se brisa. Mr Quinn le regarda fixement.

– La mort est-elle le plus grand malheur qui puisse arriver ?

– Je... ma foi... peut-être pas...

Mr Satterthwaite se souvint... Madge et Roger Graham... le visage de Mabelle au clair de lune... la sérénité surnaturelle de son bonheur...

– Non, reconnut-il, non, la mort n'est peut-être pas le plus grand malheur...

Il se remémora la mousseline plissée de sa robe bleue, qui évoquait pour lui le plumage d'un oiseau... Un oiseau à l'aile brisée...

Lorsqu'il leva la tête, il s'aperçut qu'il était seul. Mr Quinn avait disparu.

Mais il avait laissé quelque chose.

Un oiseau grossièrement sculpté dans une pierre d'un bleu terne était posé sur la banquette. Sur le plan artistique, il n'avait sûrement pas grand mérite. Mais c'était sans importance.

Car sa nature était impalpable, féerique.

Tel fut le verdict de Mr Satterthwaite. Et Mr Satterthwaite était un connaisseur.

(Traduction de Daniel Lemoine)

11

LE BOUT DU MONDE
(The World's End)

C'était à cause de la duchesse que Mr Satterthwaite était venu en Corse. Normalement, à cette époque de l'année, il séjournait sur la Côte d'Azur où il savait jouir du maximum de confort – élément primordial de l'existence auquel il attachait une importance maniaque. Mais, s'il aimait son confort, il aimait aussi les duchesses. À sa manière – naïve, courtoise et surannée – Mr Satterthwaite était un snob. Il appréciait la haute société. Or, la duchesse de Leith était une duchesse tout ce qu'il y avait d'authentique. On ne risquait pas de trouver des charcutiers de Chicago parmi ses ancêtres. Elle était non seulement fille de duc, mais également femme de duc.

À part ça, c'était une vieille dame plutôt mal fagotée, qui raffolait des vêtements ornés de perles noires. Elle possédait des quantités de diamants sertis à l'ancienne, qu'elle portait comme sa mère les avait portés avant elle : épinglés au hasard sur toute sa personne. Quelqu'un avait un jour insinué que la duchesse se plantait au beau milieu de la pièce et que sa femme de chambre lançait les broches sur elle au petit bonheur. Elle versait des dons généreux aux œuvres de charité et veillait à ce que ses locataires et les personnes à sa charge ne manquent de rien ; en revanche, dès qu'il s'agissait de dépenses courantes, elle se montrait d'une extrême avarice. Elle ne se déplaçait que dans les voitures de ses amies et achetait tout en solde.

Sur un caprice, la duchesse avait décidé de partir pour la Corse. Cannes l'ennuyait et elle s'était fâchée avec le directeur de l'hôtel au sujet du prix de sa suite.

– Vous m'accompagnerez, Satterthwaite, avait-elle décrété. À notre âge, un léger parfum de scandale n'est pas pour nous faire peur.

Mr Satterthwaite s'était senti délicatement flatté. Jusqu'à présent, personne n'avait jamais parlé de scandale à son propos : il était bien trop insignifiant. Un scandale... une duchesse... Voilà qui était merveilleux !

– La Corse est très pittoresque, avait dit la duchesse. Bandits, vendettas, j'en passe et des meilleures. En outre, la vie y est extrêmement bon marché, d'après ce que je me suis laissé conter. Manuel s'est montré ce matin d'une rare insolence. Ces directeurs d'hôtel ont besoin qu'on les remette à leur place de temps en temps. Qu'ils ne s'attendent pas à avoir une clientèle huppée, s'ils se conduisent comme ça ! Je ne me suis pas gênée pour lui dire ma façon de penser.

– Je crois, avait hasardé Mr Satterthwaite, que l'on peut voyager très confortablement en prenant l'avion à Antibes.

– Cela doit coûter les yeux de la tête, avait répliqué la duchesse d'un ton cassant. Renseignez-vous, je vous prie.

– J'y vais de ce pas.

Bien que son rôle se limitât à faire le coursier, Mr Satterthwaite s'était senti tout ému.

En apprenant le tarif du billet d'avion, la duchesse avait aussitôt écarté cette solution.

– Ils ne s'imaginent tout de même pas que je vais payer une somme aussi extravagante pour monter dans un de leurs cercueils volants !

Ils effectuèrent donc la traversée en bateau, et Mr Satterthwaite endura dix heures d'un pénible inconfort. Tout d'abord, comme le bateau partait à 19 heures, il était persuadé qu'on leur servirait à dîner à bord. Or, il n'y eut pas de dîner. Ensuite, le bateau était exigu, la mer agitée. Si bien que, lorsqu'on le débarqua à Ajaccio, aux premières heures de la matinée, Mr Satterthwaite était plus mort que vif.

La duchesse, au contraire, était fraîche comme une rose. Peu lui importait l'inconfort s'il était synonyme d'économie. Elle s'enthousiasma pour le spectacle qui s'offrait à eux sur le quai, avec les palmiers et le soleil levant. Toute la population de l'île semblait s'être donné rendez-vous pour assister à l'arrivée du bateau, et c'est avec des cris et des gestes d'excitation qu'on jeta la passerelle.

– *On jurerait que c'est la première fois qu'ils voient*

cette manœuvre ! dit un Français grassouillet qui se tenait près d'eux.

— Ma camériste a rendu tripes et boyaux toute la nuit, gronda la duchesse. On n'est pas plus stupide.

Mr Satterthwaite eut un sourire blafard.

— C'est ce que j'appelle gâcher de la bonne nourriture, poursuivit la duchesse, outrée.

— Parce qu'elle avait trouvé quelque chose à manger ? demanda Mr Satterthwaite avec envie.

— J'avais emporté quelques biscuits et une tablette de chocolat. Quand j'ai compris qu'on ne nous servirait pas à dîner, je lui ai donné le tout. Les petites gens font toujours tellement d'histoires s'il leur faut sauter un repas !

La passerelle s'immobilisa enfin, et un cri de triomphe jaillit de la foule. Une bande de brigands d'opérette se précipita aussitôt à bord pour arracher de force aux passagers leurs bagages à main.

— Venez, Satterthwaite, dit la duchesse. J'ai hâte de prendre un bain chaud et une tasse de café.

Mr Satterthwaite aussi, mais il n'eut pas entière satisfaction sur ce plan. Ils furent accueillis à l'hôtel par le directeur qui, après force courbettes, leur montra leurs chambres. Celle de la duchesse comportait une salle de bains ; Mr Satterthwaite, lui, dut se contenter d'une baignoire située dans une chambre qui n'était pas la sienne. Espérer avoir de l'eau chaude à une heure si matinale était apparemment déraisonnable. Un peu plus tard, le vieux monsieur but du café très noir servi dans un récipient sans couvercle. On avait ouvert en grand les persiennes et la fenêtre de sa chambre pour laisser entrer l'air matinal, vif et parfumé. Une journée éblouissante, toute de bleu et de vert.

D'un ample geste du bras, le garçon d'hôtel montra le paysage.

– *Ajaccio*, dit-il d'un ton solennel. *Le plus beau port du monde* !

Sur ce, il s'éclipsa.

Contemplant la baie d'un bleu profond et, à l'arrière-plan, les montagnes enneigées, Mr Satterthwaite n'était pas loin de partager cet avis. Son café terminé, il s'allongea sur le lit et sombra dans un profond sommeil.

Au déjeuner, la duchesse se montra d'excellente humeur.

– C'est exactement ce qu'il vous faut, Satterthwaite, dit-elle. Idéal pour vous débarrasser de toutes vos petites manies de vieille fille. (Elle prit son face-à-main et embrassa la salle du regard.) Ma parole, mais c'est Naomi Carlton Smith !

Elle indiqua à Mr Satterthwaite une jeune fille assise toute seule à une table près de la fenêtre. Une jeune fille aux épaules voûtées, avachie sur sa chaise. Sa robe semblait taillée dans une sorte de grosse toile brune. Elle avait des cheveux noirs coupés court et mal peignés.

– Une artiste ? demanda Mr Satterthwaite.

Il était doué pour « situer » les gens.

– Tout juste, répondit la duchesse. Du moins, c'est ainsi qu'elle se présente. Je savais qu'elle traînassait dans un coin curieux du globe. Pauvre comme Job, orgueilleuse comme Lucifer et une araignée au plafond, comme tous les Carlton Smith. Sa mère était ma cousine germaine.

– Elle fait donc partie du clan Knowlton ?

La duchesse acquiesça.

– Elle a fait son propre malheur, expliqua-t-elle. Une fille intelligente, pourtant. Elle s'est amourachée d'un jeune homme fort peu recommandable, un de ces types de Chelsea. Il écrivait des pièces, des poèmes ou je ne sais quoi d'aussi malsain. Personne n'en a voulu, bien évidemment. Alors il a volé des bijoux et s'est fait prendre. Il a écopé de cinq ans, je crois. Mais vous vous en souvenez sûrement ? Ça s'est passé l'hiver dernier.

– J'étais en Egypte à cette époque, expliqua Mr Satterthwaite. J'avais attrapé une mauvaise grippe fin janvier et les médecins ont insisté pour que j'aille me reposer en Egypte. J'ai manqué beaucoup de choses.

Il y avait dans sa voix une réelle note de regret.

– Cette petite m'a tout l'air de broyer du noir, dit la duchesse en ajustant de nouveau son face-à-main. Je ne puis tolérer cela.

En sortant de la salle à manger, elle s'arrêta près de la table de miss Carlton Smith et donna une petite tape sur l'épaule de la jeune fille.

– Alors, Naomi, on ne se souvient pas de moi ?

D'assez mauvaise grâce, Naomi se mit debout.

– Si, madame. Je vous ai vue entrer. Je ne pensais pas que vous me reconnaîtriez.

Elle parlait d'une voix traînante, avec indolence, et son comportement trahissait une indifférence totale.

– Quand vous aurez fini de déjeuner, venez me voir sur la terrasse, ordonna la duchesse.

– Très bien, répondit Naomi en bâillant.

La duchesse passa son chemin et dit à Mr Satterthwaite :

– Manières déplorables, comme tous les Carlton Smith.

Ils prirent leur café dehors, au soleil. Cinq minutes plus tard, Naomi Carlton Smith sortit de l'hôtel d'un pas nonchalant et les rejoignit. Elle se laissa tomber mollement sur une chaise, les jambes étendues devant elle sans grâce aucune.

Curieux visage, avec son menton en galoche et ses yeux gris profondément enfoncés dans les orbites. Un visage intelligent et malheureux, auquel il ne manquait pas grandchose pour être beau.

– Alors, Naomi ? dit la duchesse avec brusquerie. Que devenez-vous ?

– J'sais pas. J'attends mon heure.

– Vous avez peint, ces temps-ci ?

– Un peu.

– Montrez-moi vos croûtes.

Naomi eut un large sourire. La tyrannique duchesse ne lui en imposait nullement. Elle était plutôt amusée. Elle entra dans l'hôtel et en ressortit avec un carton à dessin.

– Ça ne vous plaira pas, madame, je vous préviens. Dites carrément ce que vous pensez, je ne me vexerai pas.

Mr Satterthwaite rapprocha un peu sa chaise. Il était intéressé. Quelques instants plus tard, il l'était encore davantage. La duchesse, pour sa part, n'apprécia pas du tout.

– Je n'arrive même pas à savoir dans quel sens ça se regarde, gémit-elle. Bonté divine, mon enfant, le ciel n'a jamais eu cette couleur... la mer non plus.

– C'est comme ça que je les vois, répondit Naomi, sans se démonter.

– Pouah ! s'exclama la duchesse, examinant une autre peinture. Celle-ci me donne la chair de poule.

– C'est le but, dit Naomi. Vous me faites là un compliment sans le vouloir.

C'était une bizarre œuvre cubiste, une étude de figuier de Barbarie – tout juste identifiable en tant que tel. D'un gris verdâtre, avec de violentes touches de couleur là où les fruits scintillaient comme des pierres précieuses. Une masse de chair palpitante, maléfique... purulente. Mr Satterthwaite détourna les yeux en frissonnant.

Il s'aperçut que Naomi le regardait en hochant la tête d'un air compréhensif.

– Je sais, dit-elle. Mais ça se *veut* répugnant.

La duchesse s'éclaircit la gorge.

– Au fond, il est très facile d'être peintre aujourd'hui, fit-elle observer d'un ton cinglant. On n'essaie même pas de copier la nature. On se contente d'appliquer des pelletées de peinture – j'ignore avec quel instrument, mais sûrement pas avec un pinceau...

– Avec un couteau à palette, glissa Naomi avec un grand sourire.

– ...On en met une bonne dose d'un coup, enchaîna la duchesse. On en fait des petits tas. Et voilà le travail ! Tout le monde s'esbaudit : « Quel talent ! » Pour ma part, ces barbouillages m'exaspèrent. Donnez-moi plutôt...

– Un beau tableau d'Edwin Landseer représentant un chien ou un cheval.

– Et pourquoi pas ? riposta la duchesse. Que reprochez-vous à Landseer ?

– Rien, dit Naomi. Il est très bien. Et vous aussi, vous êtes très bien. La surface des choses est toujours belle, lisse et brillante. Je vous respecte, madame, vous avez de la force. Vous avez pris la vie à bras-le-corps et vous avez eu le dessus. Mais les gens qui sont en dessous, eux, voient l'envers du décor. Et c'est intéressant, d'une certaine manière.

La duchesse la regarda, bouche bée.

– Je ne comprends pas un traître mot de ce que vous racontez, déclara-t-elle.

Mr Satterthwaite continuait d'examiner les esquisses. À la différence de la duchesse, il se rendait compte de leur perfection technique. Stupéfait et ravi, il leva les yeux vers la jeune fille.

– Accepteriez-vous de m'en vendre une, miss Carlton Smith ?

– Pour cinq guinées, prenez celle que vous voudrez, répondit-elle avec indifférence.

Après un court moment d'hésitation, Mr Satterthwaite fixa son choix sur une étude de figue de Barbarie et d'aloès. Au premier plan éclatait la tache jaune d'un mimosa, sur le rouge écarlate de la fleur d'aloès qui ressortait en pointillé ; à l'arrière-plan, inexorables, la forme allongée de la figue de Barbarie et le motif en épée de l'aloès rehaussaient mathématiquement l'ensemble.

Il s'inclina légèrement devant la jeune fille.

– Je suis très heureux de mon acquisition, et je pense avoir fait une bonne affaire. Un jour, miss Carlton Smith, je pourrai réaliser un excellent bénéfice en revendant cette étude, si toutefois il m'en prend l'envie !

Naomi se pencha pour voir laquelle il avait prise, et il discerna une lueur d'intérêt dans ses yeux. Pour la première fois, elle prenait vraiment conscience de son existence. Il y avait du respect dans le bref coup d'œil qu'elle lui lança.

– Vous avez choisi la meilleure, dit-elle. Ça me fait plaisir.

– Vous êtes assez grand pour savoir ce que vous faites, dit la duchesse. Et il se peut que vous ayez raison ; à ce qu'il paraît, vous êtes un connaisseur. Mais n'allez pas me dire que ces trucs d'avant-garde sont du domaine de l'art, parce que ça n'est pas vrai. Enfin, inutile de discuter là-dessus. Je ne suis ici que pour quelques jours et je tiens à visiter un peu l'île. Vous avez une voiture, j'imagine, Naomi ?

La jeune fille acquiesça.

– Parfait ! dit la duchesse. Demain, nous irons faire une excursion.

– Ma voiture n'a que deux places.

– Aucune importance ! Il y a bien un spider où installer Mr Satterthwaite ?

Un frisson parcourut le vieux monsieur, qui avait pu se faire une idée, le matin même, de l'état des routes corses. Naomi l'observait, songeuse.

– Je crains que ma voiture ne vous convienne pas, dit-elle. C'est une vieille guimbarde complètement déglinguée. Je l'ai achetée d'occasion pour une bouchée de pain. Elle accepte tout juste de grimper les côtes – en se faisant prier – mais je ne peux pas prendre de passagers. Remarquez, vous trouverez en ville un excellent garage où louer une voiture.

– Louer une voiture? répéta la duchesse, scandalisée. Vous n'y songez pas! Au fait, qui était cet homme d'allure sympathique, au teint jaunâtre, qui est arrivé dans une automobile à quatre places juste avant le déjeuner?

– Ce devait être Mr Tomlinson. C'est un juge indien à la retraite.

– Voilà qui explique son teint jaune, dit la duchesse. Je me demandais s'il n'avait pas la jaunisse. Il m'a l'air d'un homme très convenable. Je lui soumettrai le problème.

Ce soir-là, en descendant pour le dîner, Mr Satterthwaite trouva la duchesse parée de diamants, resplendissante dans une robe de velours noir, en grande conversation avec le propriétaire de la fameuse voiture. Quand elle aperçut le vieux monsieur, elle lui fit un signe impérieux.

– Approchez, Mr Satterthwaite. Mr Tomlinson me raconte des choses passionnantes et figurez-vous qu'il se propose de nous emmener demain en excursion dans son automobile!

Mr Satterthwaite regarda la duchesse avec une admiration non dissimulée.

– Allons dîner, dit-elle. Venez donc vous asseoir à notre table, Mr Tomlinson, nous pourrons ainsi continuer à bavarder.

Plus tard, la duchesse rendit son verdict:

– Un homme très convenable.

– Et une auto très convenable, rétorqua Mr Satterthwaite.

– Vilain! dit la duchesse en lui donnant une tape sonore sur les doigts avec le miteux éventail noir qui ne la quittait jamais.

Mr Satterthwaite eut une grimace de douleur.

— Naomi sera également de la partie, reprit la duchesse. Elle prendra sa voiture. Cette petite veut faire bande à part. Elle est très égoïste. Pas vraiment égocentrique, mais totalement indifférente aux êtres et aux choses qui l'entourent. N'est-ce pas votre avis ?

— Je ne pense pas que ce soit possible, répondit Mr Satterthwaite d'une voix lente. Je veux dire... il faut bien que chacun s'intéresse à *quelque chose*. Bien entendu, il y a ceux qui se prennent pour le centre de l'univers, mais je suis d'accord avec vous : elle n'entre pas dans cette catégorie. Elle ne s'intéresse absolument pas à elle-même. Et pourtant, elle a une forte personnalité... il y a donc sûrement *quelque chose* qui compte pour elle. J'ai cru tout d'abord que c'était son art, mais ce n'est pas cela. Je n'ai jamais rencontré quelqu'un qui ait l'air aussi détaché de la vie. C'est dangereux.

— Dangereux ? Comment cela ?

— Eh bien ! je suppose... elle doit avoir une obsession quelconque, or les obsessions sont toujours dangereuses.

— Satterthwaite, ordonna la duchesse, ne dites pas de bêtises et écoutez-moi. Pour en revenir à demain...

Mr Satterthwaite écouta. À vrai dire, c'était son rôle essentiel dans la vie.

Ils partirent de bonne heure le lendemain matin, en emportant le pique-nique. Naomi, qui séjournait sur l'île depuis six mois, devait leur servir de guide. Tandis qu'elle attendait le signal du départ, assise au volant de sa voiture, Mr Satterthwaite s'approcha d'elle et lui demanda d'un air mélancolique :

— Je ne peux vraiment pas... venir avec vous ?

Elle secoua la tête.

— Vous serez beaucoup mieux à l'arrière de l'autre voiture. Les sièges sont confortablement rembourrés. Dans mon vieux tacot, vous sauteriez en l'air à chaque dos d'âne.

— Sans compter les côtes à grimper...

Naomi éclata de rire.

— Oh ! j'ai dit ça uniquement pour vous épargner le spider. La duchesse a amplement les moyens de louer une auto, mais c'est la femme la plus radine d'Angleterre. Et pourtant je ne peux pas m'empêcher d'avoir de l'affection pour elle ; c'est une brave femme, au fond.

— Alors, je peux venir avec vous, finalement ? dit Mr Satterthwaite, plein d'espoir.

Elle le dévisagea avec curiosité.

— Pourquoi êtes-vous si désireux de m'accompagner ?

— Quelle question ! répondit Mr Satterthwaite, en inclinant le buste avec sa galanterie désuète.

Elle sourit mais secoua la tête.

— Ce n'est pas la véritable raison, dit-elle d'un air pensif. C'est étrange... Quoi qu'il en soit, vous ne pouvez pas venir avec moi. Pas aujourd'hui.

— Un autre jour, peut-être ? suggéra poliment Mr Satterthwaite.

— Un autre jour ! répéta-t-elle avec un rire subit, un rire que Mr Satterthwaite jugea très bizarre. Un autre jour ? Ma foi, nous verrons.

Ils se mirent en route, traversèrent la ville et suivirent la longue courbe de la baie. Ensuite, ils pénétrèrent à l'intérieur des terres et passèrent une rivière avant de se rapprocher de la côte échancrée, avec ses centaines de petites criques. Puis ils commencèrent à monter. La route sinueuse s'élevait régulièrement, toujours plus haut, en une succession de tournants éprouvants pour les nerfs. Tout en bas, ils voyaient la baie bleue avec, de l'autre côté, Ajaccio qui étincelait au soleil, blanche, comme une ville de conte de fées.

Des virages, encore et toujours des virages, avec un précipice tantôt d'un côté, tantôt de l'autre. Mr Satterthwaite avait un peu le vertige, et légèrement mal au cœur.

112

La route n'était pas bien large. Et ils continuaient à grimper.

Il faisait froid, à présent. Le vent descendait sur eux, directement des cimes enneigées. Mr Satterthwaite remonta le col de son pardessus et le boutonna bien serré sous son menton.

Il faisait très froid. De l'autre côté de la baie, Ajaccio était toujours baignée de lumière ; mais en altitude, de gros nuages gris voilaient le soleil par intermittence. Mr Satterthwaite cessa d'admirer la vue ; il avait follement envie d'un hôtel bien chauffé et d'un fauteuil confortable.

Devant eux, la petite voiture de Naomi grimpait sans faiblir. Plus haut, toujours plus haut. Ils se trouvaient maintenant sur le toit du monde. De chaque côté, il y avait des collines plus basses dont les versants descendaient en pente douce vers des vallées. Ils contemplèrent les pics enneigés qui se dressaient à l'arrière-plan. Le vent les cinglait, aiguisé comme un couteau. Soudain, Naomi s'arrêta et se tourna vers eux.

– Nous voici au Bout du Monde, dit-elle. Evidemment, ce n'est pas le temps idéal pour le voir.

Ils descendirent de voiture. Ils étaient arrivés dans un petit hameau comprenant une demi-douzaine de maisons en pierre. Un nom imposant était inscrit sur un panneau, en lettres de trente centimètres de haut : « Coti Chiaveeri ».

Naomi haussa les épaules.

– C'est le nom officiel, mais je préfère l'appeler « le Bout du Monde ».

Elle fit quelques pas, bientôt rejointe par Mr Satterthwaite. Ils avaient maintenant dépassé les maisons. La route n'allait pas plus loin. Naomi l'avait bien dit : c'était le fin fond de la terre, l'ultime limite, le commencement du néant. Derrière eux, le blanc ruban de la route ; devant eux... rien. Seulement la mer en contrebas, loin, très loin...

Mr Satterthwaite prit une profonde inspiration.

– C'est un endroit extraordinaire. On a le sentiment qu'il pourrait arriver n'importe quoi, ici, qu'on pourrait rencontrer n'importe qui...

Il s'interrompit en voyant, juste devant eux, un homme assis sur un rocher, le visage tourné vers la mer. Ils ne l'avaient pas remarqué jusqu'alors ; il était apparu brusquement, comme par magie. On l'aurait cru surgi du paysage environnant.

– Je me demande... commença Mr Satterthwaite.

A cet instant, l'inconnu tourna la tête et Mr Satterthwaite put voir son visage.

– Ça alors ! Mr Quinn ! Voilà qui est incroyable... Miss Carlton Smith, je vous présente mon ami Mr Quinn, un homme tout à fait exceptionnel. (Comme Mr Quinn protestait, il insista :) Si, si, vous avez le don d'arriver toujours à point nommé

Il s'interrompit. Il avait l'impression d'avoir dit – bien que maladroitement – quelque chose de significatif, mais il n'avait pas la moindre idée de ce que c'était.

Naomi serra la main de Mr Quinn, à sa manière un peu brusque.

– Nous sommes ici pour pique-niquer, dit-elle. A mon avis, nous allons être gelés jusqu'à la moelle.

Mr Satterthwaite frissonna.

– Peut-être pourrions-nous trouver un endroit abrité ? hasarda-t-il.

– Je dois reconnaître que celui-ci ne l'est pas, dit Naomi. Il vaut néanmoins le coup d'œil, n'est-ce pas ?

– Oui, assurément. (Mr Satterthwaite se tourna vers Mr Quinn.) Miss Carlton Smith appelle ce lieu « le Bout du Monde ». C'est un nom assez bien choisi, n'est-il pas vrai ?

Mr Quinn inclina lentement la tête, à plusieurs reprises.

– Oui... très évocateur. C'est le genre d'endroit où on

ne vient qu'une seule fois dans sa vie... un endroit à partir duquel on ne peut plus poursuivre son chemin.

– Que voulez-vous dire ? demanda vivement Naomi.

Il se tourna vers elle.

– Eh bien... généralement, on a le choix entre plusieurs directions, n'est-ce pas ? A droite ou à gauche. En avant ou en arrière. Ici, vous avez la route derrière ; et devant... rien.

Naomi le regarda bizarrement. Soudain, elle frissonna et retourna vers les autres. Les deux hommes lui emboîtèrent le pas. D'un ton qui était maintenant celui de la conversation, Mr Quinn demanda :

– Cette petite voiture est-elle à vous, miss Carlton Smith ?

– Oui.

– Vous tenez vous-même le volant ? Il doit falloir beaucoup de maîtrise pour conduire par ici. Les virages sont assez impressionnants. Un instant d'inattention, des freins qui lâchent, et... la chute... la longue, l'interminable chute dans le vide. Ce serait... très facile.

Ils avaient maintenant rejoint les autres. Mr Satterthwaite fit les présentations. Soudain, il sentit qu'on le tirait par le bras. C'était Naomi. Elle l'entraîna à l'écart et lui demanda d'un ton véhément :

– Qui est-ce ?

Mr Satterthwaite la considéra avec étonnement.

– À vrai dire, je n'en sais trop rien. Enfin... je le connais depuis des années, nous nous sommes rencontrés par hasard, à plusieurs reprises, mais de là à le connaître vraiment...

Il s'interrompit, conscient de débiter des propos insignifiants. La jeune fille ne l'écoutait pas ; elle se tenait devant lui, tête baissée, les poings sur les hanches.

– Il sait des choses, dit-elle. Il sait des choses... Comment peut-il savoir ?

Mr Satterthwaite se sentait bien incapable de répondre. Il se contenta de la regarder bêtement, incapable de comprendre la tempête qui agitait la jeune femme.

– J'ai peur, dit-elle dans un murmure.

– Peur de Mr Quinn ?

– Peur de ses yeux. Il voit des choses...

Mr Satterthwaite sentit sur sa joue quelque chose de froid et d'humide. Il leva la tête.

– Ma parole, il neige ! s'exclama-t-il, tout surpris.

– Nous avons bien choisi notre jour pour pique-niquer, dit Naomi.

Au prix d'un effort, elle avait recouvré le contrôle d'elle-même.

Que fallait-il faire ? À cette question répondit une cacophonie de suggestions. La neige tombait à gros flocons serrés. Mr Quinn proposa d'aller s'abriter dans la petite auberge en pierre qui se trouvait à l'entrée du hameau. Tout le monde se rallia à cette suggestion et se rua vers le refuge en question.

– Vous avez vos provisions, dit Mr Quinn, et vous pourrez sûrement vous faire servir du café.

C'était une taverne minuscule, plongée dans une pénombre que l'unique petite fenêtre ne parvenait guère à dissiper ; en revanche, un réconfortant rougeoiement provenait du fond de la salle. Une vieille femme corse jetait une brassée de branchages dans le feu, qui se mit à flamber. À la lueur des flammes, les nouveaux venus purent constater que d'autres clients les avaient précédés.

Trois personnes étaient assises au bout d'une table en bois nu. La scène parut vaguement irréelle à Mr Satterthwaite, mais les personnes en question lui semblèrent encore plus irréelles.

La femme qui trônait au bout de la table ressemblait à une duchesse – ou plutôt, elle correspondait à l'idée que l'on se fait généralement d'une duchesse. Elle incarnait de manière idéale la « grande dame » de théâtre. Le port de tête aristocratique, les cheveux d'un blanc neigeux, coiffés avec un goût exquis, elle était drapée dans de souples vêtements gris qui formaient sur elle des plis artistiques. L'une de ses longues mains blanches supportait son menton, tandis que l'autre tenait un petit pain tartiné de pâté de foie. À sa droite se trouvait un homme au visage très pâle et aux cheveux très noirs, portant des lunettes à monture d'écaille. Il était habillé avec une élégance raffinée. En cet instant, il avait la tête rejetée en arrière, le bras gauche déployé, comme s'il s'apprêtait à déclamer une tirade.

A gauche de la dame aux cheveux blancs était assis un petit homme chauve à l'air jovial. Les arrivants ne lui accordèrent qu'un coup d'œil.

Il y eut un moment de flottement, puis la duchesse – la vraie – prit la situation en main.

– C'est trop dommage, n'est-ce pas, cette tempête de neige ? dit-elle d'un ton affable.

Elle s'avança, arborant un sourire résolu dont elle avait éprouvé la grande efficacité à l'époque où elle était membre des services sociaux et de diverses commissions.

– J'imagine que vous avez été pris au dépourvu, tout comme nous ? La Corse est néanmoins un endroit ravissant. Je ne suis arrivée que ce matin.

L'homme aux cheveux noirs se leva pour céder sa place à la duchesse, qui le gratifia d'un charmant sourire.

La dame aux cheveux blancs prit la parole :

– Nous sommes ici depuis une semaine, dit-elle.

Mr Satterthwaite tressaillit. Cette voix... pouvait-on l'oublier, une fois qu'on l'avait entendue ? Chargée d'émotion et d'une exquise mélancolie, elle résonna contre les murs de pierre. Il eut l'impression que l'inconnue avait prononcé des paroles merveilleuses, mémorables, riches de signification. Elle avait parlé avec son cœur.

En aparté, il chuchota vivement à Mr Tomlinson :

– L'homme aux lunettes, c'est Mr Vyse... le producteur, vous savez ?

Le juge indien à la retraite considérait Mr Vyse avec une certaine antipathie.

– Et... que produit-il ? demanda-t-il. Des enfants ?

Choqué que l'on pût faire une remarque aussi grossière sur le compte de Mr Vyse, Mr Satterthwaite protesta :

– Seigneur, non ! Des pièces de théâtre.

– Je retourne dehors, dit Naomi. Il fait trop chaud ici.

Sa voix, forte et cassante, fit sursauter Mr Satterthwaite. La jeune fille se dirigea vers la porte presque comme une aveugle, frôlant au passage Mr Tomlinson. Mais, sur le seuil, elle se heurta à Mr Quinn qui lui bloqua le passage.

– Allez vous asseoir, dit-il d'un ton autoritaire.

Après une brève hésitation, Naomi obéit – à la grande surprise de Mr Satterthwaite. Elle s'assit à l'autre bout de la table, aussi loin que possible des autres.

Mr Satterthwaite s'avança d'un air empressé vers le producteur et l'accapara.

– Je ne sais pas si vous vous souvenez de moi, dit-il. Je m'appelle Satterthwaite.

L'homme tendit vivement une longue main osseuse qui emprisonna celle du vieux monsieur, la serrant à lui faire mal.

– Mais comment donc ! Incroyable de vous rencontrer ici, mon cher ami. Vous connaissez certainement miss Nunn ?

Mr Satterthwaite eut un haut-le-corps. Pas étonnant que la voix de l'inconnue lui eût semblé familière ! Ces merveilleux accents, chargés d'émotion, avaient fait vibrer des milliers de spectateurs aux quatre coins de l'Angleterre. Rosina Nunn ! La plus grande actrice britannique dans le registre sentimental. Mr Satterthwaite, lui aussi, avait été sous le charme de l'artiste. Elle était inégalable pour interpréter un rôle, pour faire ressortir les nuances les plus subtiles d'un texte. Il l'avait toujours considérée comme une comédienne intellectuelle, qui pénétrait son rôle en profondeur afin d'en saisir l'essence.

Il était excusable de ne pas l'avoir reconnue, car Rosina Nunn était changeante dans ses goûts. Vingt-cinq années durant, elle avait été blonde. Puis, après une tournée aux Etats-Unis, elle était revenue avec une chevelure aile de corbeau et s'était lancée sérieusement dans la tragédie. Ce style « marquise française » était son dernier caprice.

Vyse présenta négligemment l'homme chauve :

– Au fait, voici Mr Judd... le mari de miss Nunn.

Mr Satterthwaite savait que Rosina Nunn avait eu plusieurs maris. De toute évidence, Mr Judd était le dernier en date.

Mr Judd était occupé à déballer des paquets entassés dans un panier d'osier, à côté de lui.

– Un peu plus de pâté dans votre dernier sandwich, très chère ? Vous l'aimez en couche bien épaisse.

Rosina Nunn lui rendit son petit pain en murmurant simplement :

– Henry imagine les repas les plus délectables. Je le laisse toujours s'occuper du ravitaillement.

– Il faut bien nourrir le fauve, dit Mr Judd, hilare, en donnant une petite tape sur l'épaule de sa femme.

D'une voix mélancolique, Mr Vyse glissa à l'oreille de Mr Satterthwaite :

– Il la traite comme si c'était son chien. Il lui coupe même sa viande. Les femmes sont vraiment des créatures bizarres.

Mr Satterthwaite et Mr Quinn se mirent à déballer le pique-nique. Œufs durs, jambon et gruyère circulèrent autour de la table. La duchesse et miss Nunn, très absorbées, échangeaient des confidences à voix basse. De temps à autre, on entendait le contralto de la comédienne :

– Le pain doit être légèrement grillé, vous comprenez ? Ensuite, vous étalez une *très* fine couche de confiture. Vous roulez le tout et vous mettez au four une minute – pas davantage. C'est tout bonnement délicieux.

– Cette femme ne vit que pour la nourriture, murmura Mr Vyse. C'est sa raison d'être. Elle est incapable de penser à autre chose. Je me souviens d'une réplique, vous savez, dans *Voyage vers la Mer* : « ...et ce sera un moment de pur bonheur. » Je n'arrivais *pas* à obtenir l'effet que je cherchais. Finalement, en désespoir de cause, je lui ai demandé de penser à des fondants à la menthe... Elle adore les fondants à la menthe. J'ai aussitôt obtenu l'effet désiré : un regard perdu dans le vague, un regard qui vous pénétrait jusqu'à l'âme.

Mr Satterthwaite ne dit mot. Il se souvenait.

En face de lui, Mr Tomlinson se racla la gorge en vue de prendre part à la conversation.

– Vous produisez des pièces de théâtre, à ce qu'il paraît ? Je suis moi-même amateur de bonnes pièces. *Jim le Romancier*, ça, c'était quelque chose !

– Miséricorde, murmura Mr Vyse en frissonnant de la tête aux pieds.

– Une toute petite gousse d'ail, disait miss Nunn à la duchesse. Donnez la recette à votre cuisinière, c'est un régal.

Elle émit un soupir extasié et se tourna vers son mari.

– Henry, gémit-elle, je n'ai même pas *vu* le caviar !

– Vous êtes quasiment assise dessus, repartit Mr Judd avec bonne humeur. Vous l'avez mis sur votre chaise, derrière vous.

Rosina Nunn s'empressa de le récupérer et jeta un regard circulaire autour de la table, un sourire épanoui sur les lèvres.

– Je me demande ce que je ferais sans Henry, je suis tellement distraite ! Je ne sais jamais où je mets mes affaires.

– Comme le jour où vous avez rangé votre collier de perles dans votre sac de toilette, dit Henry d'un ton enjoué. En l'oubliant ensuite à l'hôtel. Mon Dieu, le nombre de télégrammes et de coups de téléphone que j'ai pu envoyer ce jour-là !

– Le collier était assuré, murmura miss Nunn d'une voix sourde. Par contre, mon opale...

L'espace d'un instant, son visage se crispa fort joliment, exprimant un chagrin à vous serrer le cœur.

En plusieurs occasions, alors qu'il se trouvait en compagnie de Mr Quinn, Mr Satterthwaite avait eu le sentiment de jouer un rôle dans une pièce. C'était très exactement ce qu'il ressentait en cet instant. Tout cela était un rêve. Chacun avait son rôle à jouer. Les mots « mon opale » lui donnaient le signal : c'était son tour de placer sa réplique. Il se pencha en avant.

– Votre opale, miss Nunn ?

– Pouvez-vous me passer le beurre, Henry ? Merci. Oui, mon opale. On me l'a volée, voyez-vous. Et je ne l'ai jamais récupérée.

– Racontez-nous cela, dit Mr Satterthwaite.

– Eh bien ! voilà : comme je suis née en octobre, l'opale est mon porte-bonheur ; c'est pourquoi j'en voulais une qui soit vraiment de toute beauté. J'ai mis longtemps à la trouver mais, à ce qu'on m'a dit, c'était l'une des opales les plus parfaites au monde. Pas très grosse – à peu près la taille d'une pièce de deux shillings – mais quelle couleur ! quel feu !

Elle soupira. Mr Satterthwaite remarqua que la duchesse se trémoussait sur son siège, mal à l'aise, mais miss Nunn était partie sur sa lancée. Elle continua, et les divines inflexions de sa voix donnaient à son récit le caractère épique d'une sombre légende du temps jadis.

– Elle m'a été volée par un jeune homme du nom d'Alex Gerard. Il écrivait des pièces de théâtre.

– De très bonnes pièces, déclara Mr Vyse d'un ton professionnel. J'en ai même gardé une pendant six mois.

– Et vous l'avez produite ? demanda Mr Tomlinson.

– Seigneur *non* ! se récria Mr Vyse, choqué par cette idée. Mais j'avoue que, à un moment donné, j'y ai vraiment songé.

– Il y avait dans cette pièce un rôle extraordinaire pour moi, dit miss Nunn. Elle s'appelait *Les Enfants de Rachel* – on se demande pourquoi, d'ailleurs, car il n'y avait aucun personnage du nom de Rachel. L'auteur était venu me voir dans ma loge, au théâtre, pour en discuter. Je l'avais trouvé sympathique. Il avait l'air gentil – et très timide, le pauvre garçon. Je me souviens... (Sur son visage se peignit une poignante expression, fugitive et lointaine.)... Il m'avait offert des fondants à la menthe. L'opale était posée sur ma coiffeuse. Il s'y connaissait un peu en opales, car il était allé en Australie. Il a pris la pierre pour l'observer à la lumière. C'est à ce moment-là, je suppose, qu'il l'a glissée dans sa poche. J'ai remarqué sa disparition aussitôt après le départ du jeune homme. Cela fit toute une histoire ! Vous vous rappelez ? conclut-elle en se tournant vers Mr Vyse.

– Et comment ! gémit le producteur.

– La police retrouva l'écrin vide dans son appartement, poursuivit l'actrice. Et on découvrit que, le lendemain même du vol, ce garçon complètement fauché avait déposé une importante somme d'argent sur son compte en banque. Il donna comme explication qu'un de ses amis avait joué aux courses pour lui, mais il ne put produire le témoin en question. Il prétendit également avoir empoché l'écrin par mégarde. Pour ma part, je trouve cet argument bien faible, pas vous ? Il aurait pu inventer quelque chose de plus plausible... Toujours est-il qu'il m'a fallu témoigner au procès. Il y a eu des photos de moi dans tous les journaux. Mon agent m'a assuré que cela me faisait une excellente publicité... mais j'aurais de beaucoup préféré retrouver mon opale.

Elle secoua tristement la tête.

– Un peu d'ananas en conserve ? proposa Mr Judd.

Le visage de miss Nunn s'éclaira.

– Où est la boîte ?

– Je viens de vous la donner.

Miss Nunn regarda derrière elle, devant elle, lorgna son réticule en soie grise... Puis, lentement, elle souleva un grand sac en soie bordeaux posé par terre, à côté de sa chaise. Elle entreprit d'en vider le contenu sur la table, sous le regard très intéressé de Mr Satterthwaite.

Apparurent successivement : une houppette, un bâton de rouge à lèvres, un petit coffret à bijoux, un écheveau de laine, une autre houppette, deux mouchoirs, une boîte de chocolats fourrés, un coupe-papier en émail, un miroir de poche, une petite boîte en bois foncé, cinq lettres décachetées, une noix, un carré de crêpe de Chine mauve, un bout de ruban et un morceau de croissant. Et, en dernier, la boîte d'ananas.

– Eurêka, murmura Mr Satterthwaite.

– Vous dites ?

– Rien, rien, s'empressa de répondre Mr Satterthwaite. Quel ravissant coupe-papier vous avez là !

– Oui, n'est-ce pas ? On me l'a donné, mais je ne me rappelle plus qui.

– Et ça, c'est une boîte indienne, fit observer Mr Tomlinson. Ingénieuse petite babiole, vous ne trouvez pas ?

– Un cadeau, également, dit miss Nunn. Je l'ai depuis longtemps. Naguère, je la gardais toujours sur ma coiffeuse, dans ma loge de théâtre. Je ne la trouve pourtant pas très jolie. Et vous ?

C'était une boîte en bois ordinaire, brun foncé, qu'on ouvrait en appuyant sur le côté. Sur le dessus étaient disposés deux petits clapets en bois qu'on pouvait tourner dans un sens ou dans l'autre.

– Jolie, peut-être pas, fit Mr Tomlinson avec un petit rire, mais je parie que vous n'en avez jamais vu de semblable.

Soudain très excité, Mr Satterthwaite se pencha en avant.

– Pourquoi avez-vous dit qu'elle est ingénieuse ? demanda-t-il.

Le juge prit miss Nunn à témoin :

– Vous êtes bien de mon avis ?

Comme l'actrice le regardait sans comprendre, il ajouta :

– Vous ne voulez pas que je leur montre le truc, j'imagine ?

Miss Nunn avait l'air toujours aussi déconcertée.

– Quel truc ? s'enquit Mr Judd.

– Ça, par exemple ! Vous ne le connaissez pas ?

Il regarda l'un après l'autre les visages interrogateurs tournés vers lui.

– Voilà qui est extraordinaire ! Puis-je vous emprunter cette boîte quelques instants ? Merci.

Il l'ouvrit.

– À présent, il me faudrait un objet à mettre dedans... un objet pas trop gros. Tenez, ce petit morceau de gruyère fera très bien l'affaire. Je le place à l'intérieur, je referme la boîte...

L'espace de quelques secondes, il se livra à une invisible manipulation.

– Et maintenant...

Il rouvrit la boîte. Elle était vide.

– Ça alors! s'exclama Mr Judd. Comment vous y êtes-vous pris?

– C'est très simple. Vous retournez la boîte, vous faites pivoter d'un demi-tour le clapet de gauche, puis vous fermez le clapet de droite. Pour récupérer notre morceau de gruyère, il suffit de faire la manœuvre inverse: on tourne d'un demi-tour le clapet de droite et on ferme celui de gauche, en laissant la boîte à l'envers. Regardez... abracadabra!

Lorsque la boîte s'ouvrit, toutes les personnes présentes retinrent leur souffle, stupéfaites. Le gruyère était bien là... mais il y avait aussi autre chose. Un objet rond qui scintillait de toutes les couleurs de l'arc-en-ciel.

– *Mon opale!*

On eût dit une note de clairon. Rosina Nunn s'était dressée, les mains crispées sur sa poitrine.

– Mon opale! Comment est-elle arrivée là?

Henry Judd se racla la gorge.

– Je... euh... je suis tenté de croire, ma petite Rosy, que vous l'y avez mise vous-même.

Quelqu'un se leva de table et sortit en titubant. C'était Naomi Carlton Smith. Mr Quinn la suivit.

– Mais quand? Vous voulez dire...?

Mr Satterthwaite observa l'actrice tandis que la vérité se faisait jour en elle. Il lui fallut plus de deux minutes pour y voir clair.

– Vous voulez dire... l'an dernier... dans ma loge?

– Vous savez, Rosy, dit Henry d'un air d'excuse, vous n'arrêtez pas de tripoter ce qui vous tombe sous la main... Regardez encore le caviar, tout à l'heure.

Miss Nunn suivait péniblement le cours de ses propres pensées.

– J'ai dû la glisser là-dedans sans faire attention, puis retourner la boîte et déclencher le mécanisme par inadvertance... mais alors... mais alors... (Elle finit par avoir la révélation :) Mais alors, Alex Gerard ne me l'a pas volée ! *Oh !* (Un cri guttural, émouvant, poignant)... C'est épouvantable !

– Allons, dit Mr Vyse, cela va pouvoir s'arranger, à présent.

– Oui, mais il aura passé un an en prison.

Avec une soudaineté qui les fit sursauter, elle pivota vers la duchesse :

– Qui est cette jeune fille... celle qui vient de sortir ?

– Miss Carlton Smith était fiancée avec Mr Gerard, répondit la duchesse. Le choc a été... très dur pour elle.

Mr Satterthwaite s'éclipsa discrètement. La neige avait cessé, Naomi était assise sur le mur de pierre. Elle avait un carnet de croquis à la main, des crayons de couleur éparpillés autour d'elle. Mr Quinn se tenait à ses côtés.

Elle tendit le carnet à Mr Satterthwaite. C'était une esquisse très sommaire... mais marquée du sceau du génie : un tourbillon de flocons de neige avec une silhouette au centre.

– Excellent, dit Mr Satterthwaite.

Mr Quinn regarda le ciel.

– La tempête est terminée, dit-il. Les routes vont être glissantes, mais il ne devrait pas y avoir d'accident... plus maintenant.

– Il n'y aura pas d'accident, dit Naomi.

Mr Satterthwaite ne saisit pas le sous-entendu qu'exprimait sa voix. Elle se tourna vers lui, le sourire aux lèvres – un sourire subit, éblouissant.

– Mr Satterthwaite peut monter dans ma voiture pour le retour, s'il en a envie.

Il comprit alors à quelle extrémité le désespoir avait failli la mener.

– À présent, dit Mr Quinn, il faut que je vous quitte.

Il s'éloigna.

– Où va-t-il ? dit Mr Satterthwaite, étonné, en le suivant des yeux.

– Il retourne d'où il vient, j'imagine, dit Naomi d'une voix étrange.

– Mais... mais il n'y a rien par là-bas ! dit Mr Satterthwaite, voyant que Mr Quinn se dirigeait vers l'endroit où ils l'avaient vu apparaître, au bord de la falaise. Vous l'avez dit vous-même : c'est le Bout du Monde.

Il lui rendit son carnet de croquis.

– C'est un excellent dessin, dit-il. Très ressemblant. Mais... euh, pourquoi l'avez-vous représenté en Arlequin ?

L'espace d'une seconde, leurs regards se rencontrèrent.

– C'est comme ça que je le vois, répondit Naomi Carlton Smith.

(Traduction de Gérard de Chergé)

12

LE SENTIER D'ARLEQUIN
(Harlequin's Lane)

Mr Satterthwaite aurait été bien incapable de dire ce qui le poussait à aller séjourner chez les Denman. Ce n'était pas le genre de personnes qu'il avait l'habitude de fréquenter ; en effet, ils n'appartenaient ni à la haute société ni aux milieux artistiques, qui l'intéressaient encore davantage. C'étaient des béotiens – et, qui plus est, des béotiens rasoirs. Mr Satterthwaite avait fait leur connaissance à Biarritz, s'était vu proposer de passer quelques jours chez eux, avait accepté l'invitation, s'était ennuyé... et pourtant, curieusement, il y était retourné à plusieurs reprises.

Pourquoi ? Telle était la question qu'il se posait en ce 21 juin, tandis qu'il quittait Londres à toute allure, à bord de sa Rolls-Royce.

Âgé de quarante ans, John Denman était une personnalité respectée dans le monde des affaires, où il occupait une situation bien assise. Mr Satterthwaite et lui n'avaient pas les mêmes amis, encore moins les mêmes idées. C'était un homme intelligent dans sa partie mais totalement dépourvu d'imagination par ailleurs.

« Mais pourquoi est-ce que je vais là-bas ? » s'interrogea une fois de plus Mr Satterthwaite. La seule réponse qui se présenta à son esprit lui parut si vague, si profondément absurde qu'il fut tenté de l'écarter. Car l'unique raison qu'il put trouver à son obstination, c'était l'attrait qu'exerçait sur lui l'une des pièces de la demeure (une maison confortablement aménagée). Cette pièce, c'était le boudoir de Mrs Denman.

On ne pouvait pas dire que ce boudoir reflétât la personnalité de la maîtresse de maison car, pour autant que Mr Satterthwaite pût en juger, Mrs Denman n'avait pas de personnalité. Il n'avait jamais rencontré de femme aussi totalement inexpressive. Elle était, il le savait, d'origine russe. Lorsque la guerre avait éclaté en Europe, John Denman, qui se trouvait à ce moment-là en Russie, avait combattu aux côtés des troupes de ce pays ; après avoir bien failli perdre la vie dans la tourmente de la Révolution d'Octobre, il avait regagné l'Angleterre en emmenant avec lui cette jeune Russe, une réfugiée sans le sou. Il l'avait ensuite épousée malgré l'opposition formelle de ses parents.

Le boudoir de Mrs Denman n'avait rien de particulièrement remarquable. Son mobilier Hepplewhite, robuste et de bonne qualité, lui conférait une atmosphère un tantinet plus masculine que féminine. Mais on y trouvait un objet incongru : un paravent chinois en laque, dans les tons crème et rose pâle, qui aurait fait le bonheur de n'importe quel musée. C'était une véritable pièce de collection, ravissante et rare.

Ce paravent paraissait déplacé dans ce massif décor anglais. Il aurait dû être la note dominante de la pièce, autour de laquelle les autres éléments se seraient mêlés en accords subtils. Et pourtant, Mr Satterthwaite ne pouvait taxer les Denman de mauvais goût car tout le reste, dans la maison, témoignait d'un sens parfait de l'harmonie.

Il secoua la tête. Malgré l'insignifiance de la chose, il se sentait intrigué. Il était persuadé que c'était cela qui le faisait revenir à n'en plus finir dans cette maison. Peut-être s'agissait-il d'un simple caprice de femme... mais cette explication ne le satisfaisait guère, s'il pensait à Mrs Denman, cette femme réservée, aux traits accusés, parlant un anglais si correct que nul n'aurait pu deviner son origine étrangère.

Arrivé à destination, il descendit de voiture, l'esprit toujours préoccupé par le problème du paravent chinois. La propriété des Denman, baptisée Ashmead, occupait environ deux hectares et demi de Melton Heath, village situé à cinquante kilomètres de Londres, érigé à cent cinquante mètres au-dessus du niveau de la mer, et qui était habité en majeure partie par des gens aisés.

Le majordome accueillit Mr Satterthwaite avec déférence. Mr et Mrs Denman avaient dû s'absenter – ils assistaient à une répétition – mais ils priaient Mr Satterthwaite de faire comme chez lui en attendant leur retour.

Mr Satterthwaite acquiesça puis, pour répondre au souhait de ses hôtes, s'engagea dans le jardin.

Après avoir jeté un coup d'œil sur les plates-bandes, il flâna le long d'une allée ombragée qui le mena bientôt à une porte ménagée dans le mur de clôture. Celle-ci n'étant pas fermée à clef, il l'ouvrit et se retrouva dans un étroit sentier.

Mr Satterthwaite regarda à droite, puis à gauche. Tout à fait charmant, ce sentier : verdoyant et ombragé, bordé de hautes haies – un chemin de campagne qui serpentait et zigzaguait, tout comme les chemins du bon vieux temps. Il se rappela l'adresse postale des Denman : ASHMEAD, HARLEQUIN'S LANE... Il se rappela, aussi, le nom que lui donnaient les gens du coin et que Mrs Denman lui avait dit un jour.

– Le sentier d'Arlequin, murmura-t-il à mi-voix. Je serais curieux de savoir...

Il tourna à un coude du chemin.

Il devait se demander par la suite pourquoi, cette fois, il n'avait éprouvé aucune surprise à la vue de son insaisissable ami : Mr Harley Quinn. Les deux hommes échangèrent une poignée de main.

– Ainsi, *vous* êtes là, dit Mr Satterthwaite.

– Oui, dit Mr Quinn. Je séjourne au même endroit que vous.

– Chez les Denman ?

– Oui. Cela vous surprend-il ?

– Non, répondit Mr Satterthwaite d'une voix lente. Seulement... vous ne restez jamais longtemps quelque part, n'est-ce pas ?

– Juste le temps nécessaire, déclara Mr Quinn avec gravité.

– Je vois.

Ils marchèrent en silence quelques minutes.

– Ce chemin...

Mr Satterthwaite s'interrompit.

– ...m'appartient, acheva Mr Quinn.

– C'est ce que je pensais. Je ne sais pourquoi, mais je m'en doutais. On lui donne aussi un autre nom, par ici.

On l'appelle «Le Sentier des Amoureux». Vous le saviez?

Mr Quinn acquiesça.

– Il doit y avoir un « Sentier des Amoureux » dans chaque village, vous ne croyez pas? dit-il d'une voix douce.

– Oui, sans doute, fit Mr Satterthwaite, avec un léger soupir.

Il se fit soudain l'effet d'un vieux barbon desséché, tout ratatiné, complètement dépassé par son époque. De chaque côté du sentier, il voyait les haies verdoyantes et pleines de vigueur.

– Où se termine ce chemin? demanda-t-il brusquement.

– *Ici,* répondit Mr Quinn.

Passé le dernier tournant, ils débouchèrent sur un terrain vague où s'ouvrait, presque à leurs pieds, un grand trou. Au fond, il y avait des boîtes de conserve qui étincelaient au soleil, d'autres boîtes trop rouillées pour étinceler, des vieilles chaussures, des lambeaux de journaux, mille et une choses qui n'étaient plus d'aucune utilité à personne.

– Une décharge publique! s'exclama Mr Satterthwaite en haletant d'indignation.

– On trouve parfois des joyaux sublimes dans une décharge, dit Mr Quinn.

– Je sais, je sais, s'écria Mr Satterthwaite, qui cita, d'un air un peu emprunté : «*Apportez-moi les deux plus beaux joyaux de la ville, dit le Seigneur...*» Vous connaissez la suite, hein?

Mr Quinn hocha la tête.

Mr Satterthwaite leva les yeux vers un petit cottage en ruine, perché au sommet de la falaise, au bord du ravin.

– Une vue plutôt médiocre pour une maison.

– J'imagine que la décharge n'existait pas à l'époque où la maison a été construite, dit Mr Quinn. Je crois que les Denman y ont habité au début de leur mariage. Ils se sont installés dans la grande demeure à la mort des parents. Le cottage a été démoli quand on a commencé à exploiter la carrière mais les travaux n'ont pas été bien loin, comme vous pouvez le constater.

Ils revinrent sur leurs pas.

– Je suppose, dit Mr Satterthwaite en souriant, que de nombreux couples viennent se promener sur ce sentier par les belles soirées d'été.

– C'est probable.

– Des amoureux, dit Mr Satterthwaite.

D'un air songeur, sans l'embarras qu'éprouve habituellement un Anglais à prononcer ce mot, il répéta, enhardi par la présence de son ami :

– Les amoureux... Vous avez fait beaucoup pour eux, Mr Quinn.

L'autre inclina la tête sans répondre.

– Vous les avez sauvés du chagrin... pire que du chagrin : de la mort. Vous avez été l'avocat des morts eux-mêmes.

– Vous parlez de ce que vous avez fait, *vous*... pas moi.

– C'est la même chose, dit Mr Satterthwaite.

Comme son ami demeurait silencieux, il insista :

– C'est la même chose, vous le savez bien. Vous avez agi... par mon intermédiaire. Pour une raison que j'ignore, vous n'agissez pas vous-même... directement.

– Si, parfois, dit Mr Quinn.

Sa voix avait changé d'intonation. Mr Satterthwaite ne put s'empêcher de frissonner. Apparemment, l'air fraîchissait. Et pourtant, le soleil était toujours aussi éclatant.

À cet instant, une jeune fille apparut devant eux au détour du sentier. Une très jolie blonde aux yeux bleus, vêtue d'une robe de coton rose. Mr Satterthwaite la reconnut : c'était Molly Stanwell, qu'il avait déjà rencontrée à Ashmead.

Elle agita la main en signe de bienvenue.

– John et Anna viennent de rentrer, annonça-t-elle. Ils pensaient bien que vous seriez arrivé, mais ils devaient absolument assister à la répétition.

– La répétition de quoi ? demanda Mr Satterthwaite.

– Je ne sais pas très bien comment vous appelleriez cela – disons une mascarade, avec des chants, des danses et toutes sortes d'autres choses. Vous souvenez-vous de Mr Manly ? Vous avez dû le voir ici. Il a une très belle voix de ténor. Il va jouer le rôle de Pierrot, et moi celui de Pierrette. Pour Arlequin et Colombine, on a fait appel à deux danseurs professionnels... Et puis il y a une grande chorale féminine. Lady Roscheimer adore donner des leçons de chant aux filles du village ; c'est d'ailleurs pour cette raison qu'elle organise la soirée. La musique est assez jolie, mais très moderne ; presque aucune mélodie. Le compositeur s'appelle Claude Wickam. Peut-être le connaissez-vous ?

Mr Satterthwaite acquiesça, car – ainsi qu'il a déjà été précisé – c'était son « métier » de connaître tout le monde. Il savait tout de Claude Wickam, génial et arriviste, et de lady Roscheimer, une juive obèse qui avait un penchant pour les jeunes hommes au tempérament artiste. Et il savait tout de sir Leopold Roscheimer, qui aimait voir sa femme heureuse et – chose rarissime pour un mari – la laissait être heureuse comme elle l'entendait.

Ils trouvèrent Claude Wickam en train de prendre le thé avec les Denman. Il enfournait dans sa bouche tout ce qui passait à sa portée et parlait avec un débit précipité, agitant de longues mains blanches qui donnaient l'impression d'être désarticulées. De grosses lunettes à monture d'écaille encerclaient ses yeux de myope.

John Denman, le buste très droit, le teint quelque peu rougeaud, les manières un rien onctueuses, écoutait son interlocuteur avec une attention ennuyée. À la vue de

Mr Satterthwaite, le compositeur reporta sur lui le flot de ses commentaires. Anna Denman était assise derrière la table à thé, silencieuse et inexpressive, comme toujours.

Mr Satterthwaite l'observa à la dérobée. Grande, très mince, le visage émacié, la peau tendue à craquer sur les pommettes saillantes, les cheveux noirs séparés par une raie au milieu, la peau tannée. Une femme qui était habituée à la vie au grand air et qui dédaignait les produits de beauté. Une figurine de Dresde, impassible, inanimée – et cependant...

« Ce visage *devrait* être expressif, pensa-t-il, et pourtant il ne l'est pas. Voilà ce qui est anormal... Oui, anormal. »

Il se tourna vers Claude Wickam :

– Je vous demande pardon ? Vous disiez ?

Claude Wickam, qui aimait s'écouter parler, reprit depuis le début :

– De tous les pays du monde, la Russie était le seul digne d'intérêt. On y faisait des expériences. Au détriment de vies humaines, je vous l'accorde, mais on y faisait des expériences. Superbe !

D'une main, il se fourra un canapé au concombre dans la bouche tout en mordant en même temps une bouchée de l'éclair au chocolat qu'il brandissait dans l'autre.

– Par exemple, dit-il, la bouche pleine, prenez les Ballets russes.

Se rappelant l'existence de son hôtesse, il se tourna vers elle pour lui demander ce qu'*elle* pensait des Ballets russes.

La question n'était manifestement qu'un prélude au point essentiel – c'est-à-dire l'opinion de Claude Wickam sur les Ballets russes – mais la réponse inattendue de Mrs Denman le décontenança complètement.

– Je ne les ai jamais vus, dit-elle.

– Comment ? (Il la regarda, bouche bée, les yeux ronds.) Mais voyons... vous...

D'une voix égale, indifférente, elle poursuivit :

– Avant mon mariage, j'étais danseuse. Alors maintenant...

– Rien qu'un passe-temps, un violon d'Ingres, intervint son mari.

– La danse... (Elle haussa les épaules.) J'en connais toutes les ficelles. Cela ne m'intéresse pas.

– Oh !

Il fallut un moment à Claude Wickam pour retrouver son aplomb. Il reprit son discours, mais Mr Satterthwaite l'interrompit :

– À propos d'expériences aux dépens de vies humaines, la nation russe en a fait une fort coûteuse.

Claude Wickam se tourna brusquement vers lui.

– Je sais ce que vous allez dire ! s'écria-t-il. Kharsanova ! L'immortelle, l'unique Kharsanova ! Vous l'avez vue danser ?

– Trois fois, répondit Mr Satterthwaite. Deux fois à Paris et une à Londres. (D'une voix pleine de ferveur, il ajouta :) Je ne l'oublierai... jamais.

– Je l'ai vue, moi aussi, dit Claude Wickam. J'avais dix ans. Un oncle m'avait emmené. Seigneur ! j'en garde un souvenir inoubliable.

D'un geste fougueux, il lança un morceau de brioche dans une plate-bande.

– Une statuette d'elle est exposée dans un musée de Berlin, dit Mr Satterthwaite. Une merveilleuse figurine. Elle donne une incroyable impression de fragilité... comme si on pouvait la briser d'une chiquenaude. J'ai vu Mme Kharsanova dans le rôle de Colombine et dans celui de la Nymphe agonisante du *Lac des Cygnes*... (Il secoua la tête.) Quel génie ! Il faudra beaucoup de temps avant qu'on ne retrouve une artiste comparable. De plus, elle était toute jeune... Mais elle a été abattue froidement, aveuglément, dès les premiers jours de la Révolution.

– Des imbéciles ! Des fous ! Des brutes ! s'exclama Claude Wickam en s'étranglant avec une gorgée de thé.

– Je me souviens bien de Kharsanova, dit Mrs Denman. J'ai été son élève.

– Elle était extraordinaire, n'est-ce pas ? dit Mr Satterthwaite.

– Oui, répondit tranquillement Mrs Denman. Elle était extraordinaire.

Lorsque Claude Wickam se fut éloigné, John Denman laissa échapper un profond soupir de soulagement qui fit rire sa femme.

– Je sais ce que vous pensez, dit Mr Satterthwaite, mais il n'empêche que ce garçon sait composer de la musique digne de ce nom.

– C'est possible, dit Denman.

– Oh ! cela ne fait aucun doute. Savoir combien de temps cela durera... ça, c'est autre chose.

John Denman le regarda d'un air intrigué.

– Que voulez-vous dire ?

– Je veux dire que le succès lui est arrivé très vite. Et ça, c'est dangereux. Très dangereux. (Il regarda Mr Quinn, qui se trouvait en face de lui.) Vous êtes bien d'accord avec moi ?

– Vous avez toujours raison, dit Mr Quinn.

– Nous allons monter dans mon boudoir, dit Mrs Denman. C'est un endroit agréable.

Ils la suivirent à l'étage. À la vue du paravent chinois, Mr Satterthwaite retint son souffle. Lorsqu'il leva les yeux, il s'aperçut que Mrs Denman l'observait.

– Puisque vous êtes l'homme qui a toujours raison, dit-elle en lui adressant un petit signe de tête, que pensez-vous de mon paravent ?

Il sentit que, d'une certaine manière, elle lui lançait un défi. Il répondit d'une voix hésitante, en trébuchant un peu sur les mots :

– Ma foi, il... il est magnifique. Mieux : il est incomparable.

Denman, qui se tenait derrière lui, déclara :

– C'est vrai. Nous l'avons acheté peu après notre mariage. Bien que nous l'ayons payé le dixième de sa valeur, nous avons dû nous serrer la ceinture pendant plus d'un an. Tu t'en souviens, Anna ?

– Oui, je m'en souviens.

– En fait, nous n'avions absolument pas les moyens de nous l'offrir, à l'époque. Aujourd'hui, bien sûr, la situation est différente. L'autre jour, on vendait chez Christie's de très beaux objets en laque. Juste ce qu'il nous aurait fallu pour rendre cette pièce harmonieuse, remplacer le mobilier actuel par un décor exclusivement chinois. Vous me croirez si vous voulez, Satterthwaite, mais ma femme n'a pas voulu en entendre parler !

– J'aime cette pièce telle qu'elle est, dit Mrs Denman.

Son visage avait une curieuse expression. De nouveau, Mr Satterthwaite se sentit défié, vaincu. Il regarda autour de lui et, pour la première fois, remarqua l'absence de toute note personnelle : pas de photographies, pas de fleurs, pas de bibelots. L'atmosphère n'avait rien de féminin. Hormis le paravent chinois, seul élément incongru, on se serait cru dans le salon de démonstration d'un magasin d'ameublement.

Il s'aperçut qu'elle lui souriait.

– Écoutez... (Elle se pencha vers lui. L'espace d'un instant, elle parut moins anglaise, comme si son ascendance étrangère prenait le dessus.) Je m'adresse à vous car je sais que vous comprendrez. Ce paravent, nous l'avons payé non seulement avec de l'argent, mais aussi avec de l'amour. Nous le trouvions ravissant, unique ; alors, par amour, nous nous sommes privés de choses nécessaires, qui nous ont manqué. Ces objets chinois dont parle mon mari, si nous les achetions, ils nous coûteraient uniquement de l'argent... aucun sacrifice.

– Oh ! c'est toi qui décides, dit son mari en riant, mais avec une pointe d'irritation dans la voix. Il n'empêche que ce paravent détonne dans ce décor anglais. C'est du bon mobilier, dans son genre, solide et authentique... mais, au fond, médiocre. Du pur Hepplewhite classique de la dernière période.

Elle acquiesça.

– Bon, solide, authentique, murmura-t-elle.

Mr Satterthwaite la regarda, surpris. Il devinait un sous-entendu à ces paroles. Les meubles anglais, la flamboyante beauté du paravent chinois... Non, l'impression s'était à nouveau dissipée.

– J'ai rencontré miss Stanwell dans le sentier, dit-il sur le ton de la conversation. Il paraît qu'elle joue le rôle de Pierrette dans le spectacle de ce soir ?

– Oui, répondit Denman. Et elle s'en sort remarquablement bien.

– Elle manque de grâce, dit Anna.

– Absurde ! protesta son mari. Les femmes sont toutes les mêmes, Satterthwaite. Elles ne supportent pas qu'on dise du bien d'une autre femme. En plus, Molly est très séduisante, ce qui l'expose d'emblée à la vindicte de la gent féminine.

– Je parlais simplement de sa façon de danser, dit Anna Denman, légèrement surprise. Elle est très jolie, c'est vrai, mais elle est empruntée dans ses mouvements. Tu ne peux pas me contredire sur ce point, parce que je m'y connais en la matière.

Mr Satterthwaite intervint avec tact :

– Vous avez fait venir deux danseurs professionnels, je crois ?

– Oui. Pour le ballet proprement dit. Le prince Oranov les amène en voiture.

138

– Sergius Oranov ?

C'est Anna Denman qui avait posé la question. Son mari se tourna vers elle :

– Tu le connais ?

– Je l'ai connu autrefois... en Russie.

Mr Satterthwaite crut discerner de la contrariété sur le visage de John Denman.

– Te reconnaîtra-t-il ?

– Oui. Il me reconnaîtra.

Elle rit. D'un rire grave, presque triomphant. Son expression n'évoquait plus du tout une figurine de Dresde. Elle rassura son mari d'un signe de tête.

– Sergius... Ainsi, c'est lui qui amène les deux danseurs ? Il s'est toujours intéressé aux ballets.

– Je m'en souviens, en effet, dit John Denman d'un ton sec.

Tournant les talons, il sortit de la pièce, suivi de Mr Quinn. Anna Denman se dirigea vers le téléphone et demanda un numéro. Comme Mr Satterthwaite s'apprêtait à imiter les deux hommes, elle le retint d'un geste.

– Je voudrais parler à lady Roscheimer... Ah ! c'est vous. Anna Denman à l'appareil. Le prince Oranov est-il déjà arrivé ? Quoi... ? *Quoi ?* Mon Dieu, mais c'est épouvantable !

Elle écouta encore quelques instants, puis raccrocha et se tourna vers Mr Satterthwaite.

– Il y a eu un accident. Cela devait arriver, avec Sergius Ivanovitch au volant. Ah ! il ne s'est pas assagi avec les années ! La jeune fille n'a pas été sérieusement blessée, mais elle est trop contusionnée et secouée pour danser ce soir. Quant à son partenaire, il a le bras cassé. Sergius Ivanovitch, lui, est indemne. Le diable veille sur ses créatures, apparemment.

– Et le spectacle de ce soir ?

– C'est précisément la question, mon ami. Il faut trouver une solution.

Elle resta assise à réfléchir. Au bout d'un moment, elle leva la tête :

– Je suis une hôtesse indigne, Mr Satterthwaite. Je vous délaisse.

– Ne vous dérangez pas pour moi, je vous en prie. Mais il y a une question, Mrs Denman, que je voudrais bien vous poser.

– Oui ?

– Comment avez-vous fait la connaissance de Mr Quinn ?

– Il vient souvent par ici, répondit-elle lentement. Je crois qu'il est propriétaire d'un terrain dans la région.

– Oui, en effet. Il me l'a dit cet après-midi.

– Il est... (Elle s'interrompit. Son regard croisa celui de Mr Satterthwaite.) Vous le savez mieux que moi, ce qu'il est.

– Moi ?

– Est-ce que je me trompe ?

Il se sentit troublé. Cette femme perturbait sa petite âme tranquille. Il avait le sentiment qu'elle voulait le forcer à aller plus loin qu'il n'était disposé à le faire, qu'elle voulait l'inciter à formuler tout haut ce qu'il n'était pas encore prêt à admettre en son for intérieur.

– *Vous* le savez ! dit-elle. Selon moi, il y a peu de choses que vous ignoriez, Mr Satterthwaite.

C'était un hommage – mais pour une fois, le compliment ne lui procura aucune ivresse. Il hocha la tête avec une humilité inhabituelle.

– Que peut-on savoir ? demanda-t-il. Si peu... Si peu.

Elle fit un signe d'assentiment. Puis elle se remit à parler, d'une voix étrangement mélancolique, sans regarder le vieux monsieur.

– Si je vous dis quelque chose... vous ne rirez pas ?

Non, je ne pense pas que vous rirez. Supposez, donc, que dans l'exercice de... (Pause.)... de son métier, de sa profession, on soit amené à se forger un fantasme... on fasse semblant de croire à une chose qui n'existe pas... on crée de toutes pièces une certaine personne... C'est une chimère, vous comprenez, un simulacre... rien de plus. Jusqu'au jour où...

— Oui ? l'encouragea Mr Satterthwaite, vivement intéressé.

— Jusqu'au jour où le rêve devient réalité ! La chose qu'on imaginait – la chose impossible, la chose qui ne pouvait exister – se matérialise ! Est-ce là un symptôme de folie ? Dites-moi, Mr Satterthwaite : est-ce de la folie ou bien croyez-vous à cela, vous aussi ?

— Je...

Curieux : les mots n'arrivaient pas à sortir de sa bouche. Ils semblaient coincés au fond de sa gorge.

— Folie que tout cela, dit Anna Denman. Folie...

Elle sortit majestueusement de la pièce, sans laisser le loisir à Mr Satterthwaite d'exprimer sa profession de foi.

Lorsqu'il descendit pour le dîner, il trouva Mrs Denman en tête à tête avec l'un de ses invités, un homme brun, de haute taille, âgé d'environ quarante ans.

— Prince Oranov... Mr Satterthwaite.

Ils se saluèrent. Mr Satterthwaite eut le sentiment que son entrée avait interrompu une conversation qui ne reprendrait pas en sa présence. Mais l'atmosphère ne s'en trouva nullement affectée. Le Russe bavarda avec aisance et naturel de sujets qui étaient chers au cœur de Mr Satterthwaite. Il avait un goût très sûr en matière artistique, et les deux hommes ne tardèrent pas à s'apercevoir qu'ils avaient un grand nombre d'amis communs. Lorsque John Denman se joignit à eux, la conversation prit un tour plus anodin. Oranov exprima ses regrets pour l'accident de voiture.

– Ce qui est arrivé n'est pas de ma faute. J'aime rouler vite, c'est vrai, mais je conduis bien. Le responsable... (Il haussa les épaules)... c'est le Destin, le hasard... notre maître à tous.

– Là, c'est le Russe qui parle en vous, Sergius Ivanovitch, dit Mrs Denman.

– Et qui trouve un écho en vous, Anna Mikalovna, répliqua-t-il du tac au tac.

Mr Satterthwaite regarda tour à tour les trois protagonistes. John Denman, blond, distant, anglais ; les deux autres, bruns, minces, étrangement semblables. Cela lui évoqua quelque chose – quoi donc ? Ah ! oui. Le premier acte de *La Walkyrie*. Siegmund et Sieglinde – jumeaux si semblables – et l'autre, Hunding. Les hypothèses se mirent à bouillonner dans son cerveau. Fallait-il voir là le motif de la présence de Mr Quinn ? Il était fermement convaincu d'une chose : là où apparaissait Mr Quinn, il y avait du drame dans l'air. En l'occurrence, était-ce la banale tragédie du ménage à trois ?

Il éprouva une vague déception. Il avait espéré mieux.

– Je t'ai entendue téléphoner aux Roscheimer, Anna, intervint Denman. Qu'est-ce qui a été convenu ? La représentation est reportée, j'imagine ?

– Non... Ce n'est pas la peine de la reporter.

– Mais... elle ne pourra pas avoir lieu sans le ballet ?

– On n'imagine évidemment pas une arlequinade sans Arlequin et Colombine, convint Anna Denman d'un ton sec. Je tiendrai le rôle de Colombine, John.

– Toi ?

Il paraissait stupéfait... alarmé, même, pensa Mr Satterthwaite.

Elle acquiesça sans se troubler.

– Ne crains rien, John, tu n'auras pas à rougir de moi. N'oublie pas... ce fut jadis ma profession.

« C'est extraordinaire, les nuances d'une voix, songea

142

Mr Satterthwaite. On peut *dire* des choses... et en exprimer d'autres sans les prononcer ! Je voudrais bien savoir... »

– Cela résout déjà une moitié du problème, dit John Denman à contrecœur. Mais l'autre ? Où vas-tu trouver Arlequin ?

– Je *l'ai* trouvé... le voici !

Elle fit un geste vers le seuil de la pièce, où venait d'apparaître Mr Quinn. Elle lui sourit, et il lui rendit son sourire.

– Ça alors, Quinn, vous y connaissez quelque chose ? dit John Denman. Je ne l'aurais jamais cru.

– Mr Quinn est recommandé par un connaisseur, déclara sa femme. Mr Satterthwaite se porte garant de lui.

Elle sourit au petit homme, qui se surprit à murmurer :

– Oh ! oui... je réponds de Mr Quinn.

– Il y aura un bal costumé après la représentation, déclara Denman, accaparé par un autre problème. Sacrée corvée, entre nous soit dit... Il va falloir vous trouver un accoutrement, Satterthwaite.

Le vieux monsieur secoua la tête d'un air résolu.

– Mon grand âge me servira d'excuse. (Puis une idée savoureuse lui vint à l'esprit :) Avec une serviette de table sur le bras, dit-il en riant, je me transformerai en vieux serveur qui a connu des jours meilleurs.

– Intéressante profession, celle de serveur, dit Mr Quinn. Cela permet de voir bien des choses.

– Je vais devoir endosser un stupide costume de Pierrot, soupira Denman d'un air sombre. Enfin... il fait frais, c'est déjà ça. (Il se tourna vers Oranov.) Et vous ?

– J'ai un habit d'Arlequin, répondit le Russe en jetant un coup d'œil à son hôtesse.

Peut-être se trompait-il, mais Mr Satterthwaite crut percevoir une certaine gêne dans l'atmosphère.

– Nous aurions pu être trois, alors, dit Denman en riant. J'ai un habit d'Arlequin que ma femme m'a confectionné au début de notre mariage, à l'occasion de je ne sais plus quelle soirée. (Il baissa les yeux sur son ventre rebondi.) Je ne pense pas que je puisse encore le mettre.

– Non, dit sa femme. Tu ne pourrais plus le mettre.

Et, de nouveau, ce qu'exprimait sa voix allait au-delà des simples mots.

Elle jeta un coup d'œil sur la pendule.

– Si Molly tarde trop, nous ne l'attendrons pas.

Mais à cet instant, on annonça l'arrivée de la jeune fille. Elle portait déjà son costume de Pierrette vert et blanc, et Mr Satterthwaite la trouva fort charmante ainsi vêtue.

Elle débordait d'excitation et d'enthousiasme à l'idée de la représentation qui approchait.

– Je commence quand même à avoir le trac, annonça-t-elle après le dîner, tandis qu'ils buvaient le café. Je suis sûre que ma voix tremblera et que j'oublierai les paroles.

– Vous avez une très jolie voix, dit Anna. À votre place, je ne me ferais pas de souci.

– C'est plus fort que moi. Le reste, ça ne m'inquiète pas... la danse, je veux dire. De ce côté-là, ça va tout seul. Après tout, on ne peut pas vraiment se tromper avec ses pieds, n'est-ce pas ?

Elle quêtait l'approbation d'Anna, mais celle-ci ne répondit pas. Elle se contenta de suggérer :

– Chantez quelque chose à Mr Satterthwaite. Il vous rassurera, vous verrez.

Molly s'installa au piano et se mit à chanter une vieille ballade irlandaise, d'une voix fraîche et mélodieuse.

« Sheila, brune Sheila, que vois-tu donc ?
Que vois-tu donc, que vois-tu dans le feu ? »
« Je vois un garçon qui m'aime... et un garçon qui me quitte,
Et un troisième garçon, semblable à une Ombre... et lui, c'est le garçon qui me peine. »

144

La chanson terminée, Mr Satterthwaite approuva d'un hochement de tête.

– Mrs Denman a raison. Vous avez une voix charmante. Peut-être faudrait-il la travailler un peu, mais elle est délicieusement naturelle et possède la fraîcheur sans apprêt de la jeunesse.

– C'est bien mon avis, renchérit John Denman. Allez-y en toute confiance, Molly, et ne vous laissez pas vaincre par le trac... À présent, nous ferions mieux de nous mettre en route.

Chacun alla chercher son manteau. La nuit étant magnifique, on décida d'aller à pied chez les Roscheimer, qui habitaient un peu plus loin sur la route, à quelques centaines de mètres.

Mr Satterthwaite se retrouva aux côtés de son ami.

– C'est curieux, dit-il, mais cette chanson m'a fait penser à vous. *Un troisième garçon... semblable à une Ombre...* Il y a du mystère dans ces paroles, et là où il y a du mystère, je... oui, je pense à vous.

– Suis-je donc si mystérieux ? dit Mr Quinn en souriant.

Mr Satterthwaite opina vigoureusement du chef.

– Absolument. Ainsi, j'étais loin de me douter, jusqu'à ce soir, que vous étiez danseur professionnel.

– Vraiment ?

– Écoutez... (Mr Satterthwaite fredonna le thème de l'amour de *La Walkyrie*.) Pendant tout le dîner, cet air m'a trotté dans la tête alors que je les regardais, tous les deux.

– Qui donc ?

– Le prince Oranov et Mrs Denman. Ne voyez-vous pas comme elle est différente, ce soir ? On dirait... on dirait qu'un volet s'est brusquement ouvert, révélant le feu qui brûle à l'intérieur.

– Oui, dit Mr Quinn. Peut-être.

– Toujours le même vieux drame, dit Mr Satterthwaite. J'ai raison, n'est-ce pas ? Ces deux-là sont faits l'un pour l'autre. Ils appartiennent au même univers, nourrissent les mêmes pensées, les mêmes rêves... On voit bien comment tout ça est arrivé. Il y a dix ans, Denman devait être jeune, fringant, très séduisant... un personnage romantique. Et il avait sauvé la vie d'Anna. Il était normal qu'elle en tombe amoureuse. Mais aujourd'hui... qu'est-il devenu ? Un brave type prospère, heureux en affaires, mais... bref, médiocre. Un bon Anglais bien honnête – tout à fait comparable, dans son genre, au mobilier Hepplewhite du boudoir. Tout aussi anglais – et tout aussi ordinaire – que cette jolie petite Anglaise à la voix fraîche et inexpérimentée. Oh ! vous avez beau sourire, Mr Quinn, vous ne pouvez pas nier l'évidence.

– Je ne nie rien. Vous voyez toujours juste. Et pourtant...

– Pourtant ?

Mr Quinn se pencha en avant, scrutant de ses yeux sombres et mélancoliques le visage de Mr Satterthwaite.

– Avez-vous donc si peu appris de la vie ? murmura-t-il dans un souffle.

Sur ces mots, il s'éloigna, laissant Mr Satterthwaite vaguement mal à l'aise. Plongé dans ses réflexions, celui-ci s'aperçut brusquement que les autres étaient partis sans lui, à cause du retard qu'il avait pris pour se choisir une écharpe. Il sortit par le jardin, ouvrit la porte qu'il avait déjà franchie dans l'après-midi. Le clair de lune baignait le sentier, et le vieux monsieur vit un couple qui s'enlaçait.

Sur le moment, il crut...

Puis il les reconnut. John Denman et Molly Stanwell. La voix de Denman lui parvint, rauque et tourmentée :

– Je ne peux pas vivre sans vous. Qu'allons-nous faire ?

À l'instant où Mr Satterthwaite se détournait pour rebrousser chemin, une main le retint. Une autre personne se tenait sur le seuil, près de lui. Une personne qui avait vu, elle aussi.

Un simple coup d'œil sur le visage de la femme qui se tenait à ses côtés suffit à Mr Satterthwaite pour comprendre à quel point il s'était fourvoyé.

De sa main frémissante, elle le retint jusqu'à ce que le couple eût disparu au bout du chemin. Il s'entendit prononcer des paroles apaisantes, des banalités qui se voulaient réconfortantes mais paraissaient dérisoires face à la souffrance qu'il avait pressentie. Elle prononça ces seuls mots :

– Je vous en prie, ne me laissez pas.

Ces paroles le touchèrent de façon étrange. En définitive, il était quand même utile à quelqu'un. Il continua de lui prodiguer des paroles de consolation, des paroles qui ne voulaient rien dire mais qui, malgré tout, valaient mieux que le silence. Ils firent ainsi le trajet jusque chez les Roscheimer. De temps à autre, il sentait la main posée sur son épaule accentuer sa pression, et il comprenait qu'elle était heureuse de l'avoir près de lui. Elle attendit qu'ils fussent arrivés à destination pour retirer sa main. Alors elle se redressa, très droite, la tête haute.

– Maintenant, dit-elle, je vais danser ! N'ayez crainte pour moi, mon ami. Je danserai.

Elle le quitta brusquement. À cet instant, lady Roscheimer lui sauta dessus. Elle était couverte de diamants et se répandait en lamentations. Finalement, elle le remit entre les mains de Claude Wickam.

– C'est une catastrophe ! Une catastrophe complète ! Ces choses-là n'arrivent qu'à moi. Tous ces péquenauds s'imaginent qu'ils sont capables de danser, et on ne m'a même pas consulté.

Intarissable, il continua sur sa lancée. Il avait trouvé un

auditeur complaisant, un homme qui *savait*. Il s'apitoya interminablement sur son sort. Le déluge de jérémiades ne prit fin qu'avec les premiers accords de musique.

Mr Satterthwaite émergea alors de sa rêverie. L'esprit alerte, il retrouva son rôle de critique. Wickam était un fieffé imbécile, mais il savait composer de la musique : une trame délicate, arachnéenne, intangible comme des cheveux d'ange – et pourtant, sans aucune mièvrerie.

Le décor était superbe. Lady Roscheimer ne regardait pas à la dépense quand il s'agissait d'aider ses protégés. Une clairière d'Arcadie... des effets de lumière qui créaient l'atmosphère d'irréalité adéquate...

Deux silhouettes dansaient, comme si elles avaient toujours dansé, depuis des temps immémoriaux. Un mince Arlequin au visage masqué faisait jaillir de sa baguette magique des paillettes qui brillaient au clair de lune... Une Colombine, toute de blanc vêtue, pirouettait comme en un rêve immortel...

Brusquement, Mr Satterthwaite se redressa. Il avait déjà vu cela quelque part. Oui, à n'en pas douter...

Par la pensée, il se transporta bien loin du salon de lady Roscheimer. Il se trouvait maintenant dans un musée de Berlin, devant la statuette d'une Colombine immortelle.

Arlequin et Colombine continuèrent de danser. Le monde entier leur appartenait...

Le clair de lune... une silhouette humaine. Pierrot qui erre à travers bois, chantant à la lune. Pierrot qui ne connaît point de repos depuis qu'il a vu Colombine. Les deux Immortels disparaissent, mais Colombine se retourne. Elle a entendu le chant d'un cœur humain.

Pierrot qui erre à travers bois... dans l'obscurité... sa voix se meurt au loin...

Le pré communal... le ballet des filles du village... des pierrots et des pierrettes. Molly dans le rôle de Pierrette. Médiocre danseuse (sur ce point, Anna Denman avait raison), mais c'est d'une jolie voix mélodieuse qu'elle chante « Pierrette danse sur le pré. »

Un air charmant : Mr Satterthwaite eut un hochement de tête approbateur. Wickam était capable de composer un air, lorsqu'il le fallait. Le chœur des villageoises fit frémir le vieux monsieur, mais il fallait savoir que lady Roscheimer était résolument philanthropique.

On exhorte Pierrot à se joindre au ballet. Il refuse. Le visage blanc, il continue d'errer... éternel amoureux à la recherche de son idéal. Le soir tombe. Arlequin et Colombine, invisibles, dansent au milieu de la foule inconsciente de leur présence. Les villageoises s'en vont ; resté seul, Pierrot, fatigué, s'endort sur une butte herbeuse. Arlequin et Colombine dansent autour de lui. Il se réveille et voit Colombine. Il la courtise en vain, l'implore, la conjure...

Elle hésite. Arlequin lui fait signe de partir. Mais elle ne le voit plus. Elle écoute Pierrot et sa chanson d'amour une fois de plus roucoulée. Elle tombe dans ses bras, et le rideau se baisse.

Le deuxième acte a pour cadre la chaumière de Pierrot. Colombine est assise devant la cheminée. Elle est pâle, lasse. Elle écoute – quoi ? Pierrot lui chante la sérénade, cherche à lui plaire pour que, de nouveau, elle s'intéresse à lui. Le soir s'obscurcit. Le tonnerre gronde... Colombine écarte son rouet. Elle s'anime, frémissante... Elle n'écoute plus Pierrot. C'est sa musique à elle qui remplit l'air, la musique d'Arlequin et Colombine... Elle se réveille. Elle se souvient.

Coup de tonnerre ! Arlequin est debout sur le seuil de la chaumière. Pierrot ne peut pas le voir, mais Colombine bondit sur ses pieds avec un rire joyeux. Des enfants accourent, mais elle les repousse. Un autre coup de tonnerre fait crouler les murs, et Colombine s'éloigne dans la nuit déchaînée, en dansant avec Arlequin.

Dans les ténèbres, on entend l'air que Pierrette a chanté.

La lumière revient progressivement. De nouveau, la chaumière. Pierrot et Pierrette, vieux, les cheveux blanchis, sont assis dans des fauteuils au coin du feu. La musique est joyeuse, mais pas très forte. Pierrette dodeline de la tête dans son fauteuil. Par la fenêtre pénètre un rayon de lune, accompagné de la chanson de Pierrot, depuis longtemps oubliée. Il s'agite sur son siège.

Musique douce... musique féerique... Dehors apparaissent Arlequin et Colombine. La porte s'ouvre et Colombine entre en dansant. Elle se penche sur Pierrot endormi, l'embrasse sur les lèvres...

Crac ! Violent coup de tonnerre. Colombine est sortie de la chaumière. Par la fenêtre éclairée, au centre de la scène, on voit Arlequin et Colombine s'éloigner en dansant lentement, silhouettes de plus en plus floues...

Une bûche tombe. Pierrette bondit sur ses pieds, furieuse, se précipite vers la fenêtre et baisse le store. Ainsi s'achève la pièce, sur un accord dissonant...

Mr Satterthwaite demeura parfaitement immobile tandis qu'éclataient autour de lui les applaudissements et les bravos. Finalement, il se leva et sortit. Il tomba sur Molly Stanwell, rouge et excitée, qui recevait les compliments des spectateurs. Il vit John Denman qui se frayait un chemin à coups de coude dans la foule, les yeux embrasés d'une flamme nouvelle. Molly se dirigea vers lui mais, d'un geste presque machinal, il l'écarta. Ce n'était pas elle qu'il cherchait.

— Ma femme ? Où est-elle ?

— Je crois qu'elle est sortie dans le jardin.

Mais ce fut Mr Satterthwaite qui la trouva, assise sur un banc de pierre au pied d'un cyprès. Lorsqu'il l'eut rejointe, il fit une chose bizarre : il mit un genou en terre et lui baisa la main.

— Ah ! dit-elle. Vous trouvez donc que j'ai bien dansé ?

– Vous avez dansé... comme vous avez toujours dansé, madame Kharsanova.

Elle haleta soudain.

– Alors... vous avez deviné ?

– Il n'existe qu'une seule Kharsanova. Quand on vous a vue danser, il est impossible de vous oublier. Mais pourquoi... pourquoi ?

– Que pouvais-je faire d'autre ?

– Comment cela ?

Elle avait parlé très simplement. Avec tout autant de simplicité, elle répondit :

– Oh ! mais vous comprenez très bien. Vous êtes un homme du monde. Une grande danseuse peut avoir des amants, oui... mais un mari, c'est une autre affaire. Et lui... il ne voulait pas de l'autre. Il voulait que je lui appartienne totalement... chose qui aurait été impossible à Kharsanova.

– Je vois, dit Mr Satterthwaite. Je vois. Vous avez donc abandonné ?

Elle inclina la tête.

– Il fallait que vous l'aimiez beaucoup, dit Mr Satterthwaite d'une voix douce.

– Pour consentir un tel sacrifice ? dit-elle en riant.

– Pas seulement cela. Pour y consentir d'un cœur léger.

– Ah ! oui... vous avez peut-être raison.

– Et maintenant ? demanda Mr Satterthwaite.

Elle se fit grave.

– Maintenant ?

Elle observa une pause. Puis, se tournant vers la nuit, elle dit en haussant la voix :

– C'est vous, Sergius Ivanovitch ?

Le prince Oranov émergea de l'obscurité et apparut au clair de lune. Il prit la main de la danseuse, souriant à Mr Satterthwaite sans le moindre embarras.

– Voilà dix ans, j'ai pleuré la mort d'Anna Kharsanova,

dit-il simplement. Elle était tout pour moi. Aujourd'hui, je l'ai retrouvée. Nous ne nous séparerons plus.

– Rendez-vous dans dix minutes au bout du sentier, dit Anna. Je ne vous ferai pas faux bond.

Oranov acquiesça et se retira. La danseuse se tourna vers Mr Satterthwaite.

– Eh bien... vous n'êtes pas satisfait, mon ami ?

Un léger sourire jouait sur ses lèvres.

– Savez-vous que votre mari vous cherche ? dit Mr Satterthwaite avec brusquerie.

Il vit son visage se crisper, l'espace d'une seconde, mais sa voix demeura assez ferme.

– Oui, dit-elle avec gravité. C'est très possible.

– J'ai vu son regard. Il...

Le vieux monsieur s'interrompit.

– Oui, peut-être, dit-elle, toujours aussi calme. Cela durera une heure. Une heure de magie, qu'auront fait naître des souvenirs, la musique, le clair de lune... C'est tout.

– Je ne puis donc rien vous dire pour vous convaincre ?

Il se sentit vieux, découragé.

– Pendant dix ans, déclara Anna Kharsanova, j'ai vécu avec l'homme que j'aime. À présent, je vais retrouver l'homme qui m'aime depuis dix ans.

Mr Satterthwaite se tut. Il était à bout d'arguments. D'ailleurs, cette solution paraissait la plus simple. Seulement voilà : ce n'était pas la solution qu'il souhaitait.

Elle posa une main sur son épaule.

– Je sais, mon ami, je sais. Mais il n'y a pas de troisième voie. Toujours, on cherche quelque chose... L'amoureux idéal, éternel... Mais c'est la musique d'Arlequin que l'on entend. Aucun amoureux ne peut combler notre attente, puisque tous les amoureux sont mortels. Et Arlequin n'est qu'un mythe, une invisible présence... à moins que...

– Oui ? dit Mr Satterthwaite. Oui ?

– À moins qu'il ne s'appelle... la Mort !

Mr Satterthwaite frissonna. La danseuse s'éloigna, engloutie par l'obscurité...

Il ne sut jamais combien de temps il resta assis là, mais il éprouva brusquement l'impression d'avoir perdu un temps précieux. Il partit en toute hâte, poussé presque malgré lui dans une certaine direction.

Arrivé sur le sentier, une étrange sensation d'irréalité l'envahit. Magie... magie et clair de lune ! Et deux silhouettes qui venaient vers lui...

Oranov en habit d'Arlequin : voilà ce qu'il pensa sur le moment. Mais lorsque le couple passa devant lui, il comprit son erreur. Cette silhouette déliée, à la démarche souple, ne pouvait appartenir qu'à une seule personne : Mr Quinn...

D'un pas aérien, comme si leurs pieds ne touchaient pas le sol, ils s'éloignèrent sur le sentier. Mr Quinn tourna la tête vers Mr Satterthwaite, qui éprouva un choc – car ce visage n'était pas celui de Mr Quinn tel qu'il l'avait toujours vu. C'était le visage d'un inconnu... non, pas exactement d'un inconnu. Ah ! il y était : c'était le visage de John Denman, comme il avait peut-être été avant que la vie ne tournât trop bien pour lui. Ardent, aventureux, un visage d'adolescent et d'amoureux à la fois...

Un rire féminin lui parvint, limpide et heureux... Il suivit le couple des yeux et vit, au loin, les lumières d'une petite chaumière. Il les suivait des yeux, tel un homme perdu dans un rêve.

Il fut brutalement ramené à la réalité par une main qui lui agrippait l'épaule et le faisait pivoter sur lui-même. Il se trouva face à Sergius Oranov, pâle et égaré.

– Où est-elle ? Où est-elle ? Elle m'avait promis... et elle n'est pas venue.

Une voix s'éleva derrière eux :

– Madame vient de passer sur le sentier... Seule.

C'était la bonne de Mrs Denman. Elle attendait dans l'ombre de la porte, le manteau de sa maîtresse sur le bras.

– J'étais là et je l'ai vue passer, ajouta-t-elle.

Mr Satterthwaite lui lança d'une voix âpre :

– Seule ? Seule, dites-vous ?

Surprise, la bonne écarquilla les yeux.

– Oui, monsieur. Ne l'avez-vous pas vue comme moi ?

Mr Satterthwaite saisit Oranov par le bras.

– Vite ! murmura-t-il. Je... j'ai peur.

Ils s'élancèrent dans le sentier. Le Russe parlait avec un débit rapide, haché :

– C'est une merveilleuse créature... Ah ! sa performance de ce soir ! Et cet ami à vous, qui est-ce ? Ah ! il est extraordinaire – unique. Autrefois, quand elle dansait la Colombine de Rimsky-Korsakov, elle ne trouvait jamais l'Arlequin idéal. Mordov, Kassnine... aucun d'eux ne la satisfaisait pleinement. Alors, elle s'était créé un fantasme ; un jour, elle me l'a raconté. Elle dansait toujours avec un Arlequin imaginaire... un homme qui n'était pas vraiment là. C'était Arlequin en personne, disait-elle, qui venait danser avec elle. C'est ce fantasme qui rendait sa Colombine si éblouissante.

Mr Satterthwaite acquiesça distraitement. Il n'avait qu'une seule idée en tête.

– Dépêchons-nous, dit-il. Pourvu que nous arrivions à temps ! Oh ! pourvu que nous arrivions à temps...

Au dernier détour du sentier, ils débouchèrent sur le trou profond ; là gisait quelque chose qui ne s'y trouvait pas auparavant : un corps de femme dans une posture sublime, les bras écartés et la tête rejetée en arrière. À la clarté de la lune, le visage et le corps de la morte étaient triomphants, magnifiques.

Mr Satterthwaite se remémora vaguement certaines paroles... des paroles prononcées par Mr Quinn : « *On*

trouve parfois des joyaux sublimes dans une décharge »...
Il les comprenait, maintenant.

Les joues ruisselantes de larmes, Oranov murmurait des phrases entrecoupées.

– Je l'aimais... Toujours, je l'ai aimée...

Utilisant pratiquement les mêmes mots que Mr Satterthwaite quelques heures plus tôt, il ajouta :

– Nous étions du même univers, elle et moi. Nous partagions les mêmes pensées, les mêmes rêves. Je l'aurais aimée pour toujours...

– Qu'en savez-vous ?

Le Russe le regarda, interloqué par l'agressivité de cette apostrophe.

– Qu'en savez-vous ? répéta Mr Satterthwaite. C'est ce que pensent tous les amoureux... ce que disent tous les amoureux... Il n'y a jamais qu'un seul amoureux...

Il se détourna et faillit se heurter à Mr Quinn. En proie à une extrême agitation, Mr Satterthwaite le prit par le bras et l'entraîna à l'écart.

– C'était *vous*, dit-il. C'était bien *vous* qui étiez avec elle, à l'instant ?

Après un silence, Mr Quinn dit d'une voix douce :

– Vous pouvez présenter les choses ainsi, si vous le désirez.

– Et la bonne ne vous a pas vu ?

– La bonne ne m'a pas vu.

– Mais *moi* si. Comment expliquez-vous cela ?

– Compte tenu du prix que vous avez payé, peut-être voyez-vous des choses que les autres... ne voient pas.

Mr Satterthwaite le dévisagea quelques instants sans comprendre. Puis, brusquement, il se mit à trembler comme une feuille.

– Quel est cet endroit ? dit-il dans un souffle. Quel est cet endroit ?

– Je vous l'ai dit cet après-midi. C'est *Mon* sentier.

– Le Sentier des Amoureux, murmura Mr Satterthwaite. Et les gens y passent.

– La plupart des gens, tôt ou tard.

– Et au bout de ce sentier... que trouvent-ils ?

Mr Quinn sourit. Pointant l'index vers le cottage en ruine, en haut de la falaise, il répondit avec une grande douceur :

– La maison de leurs rêves... ou un tas d'ordures... qui peut le dire ?

Mr Satterthwaite leva la tête vers lui. Un irrépressible sentiment de révolte le submergeait. Il se sentait trompé, floué.

– Mais *moi*... (Sa voix tremblait.) *Moi*, je n'ai jamais emprunté votre chemin...

– Le regrettez-vous ?

Mr Satterthwaite eut un mouvement de recul. Mr Quinn semblait tout à coup avoir pris des proportions gigantesques... Le vieux monsieur eut la vision d'une chose menaçante et terrifiante à la fois... Joie, Chagrin, Désespoir.

Sa petite âme tranquille se recroquevilla sur elle-même, épouvantée. Mr Quinn répéta sa question :

– Le regrettez-vous ?

Il émanait de lui quelque chose de terrible.

– N-non, bredouilla Mr Satterthwaite. Non.

Soudain, il se ressaisit.

– Mais je vois des choses ! s'écria-t-il. Je n'ai peut-être été qu'un spectateur de la Vie, mais je vois des choses que d'autres ne voient pas. Vous l'avez dit vous-même, Mr Quinn...

Mais Mr Quinn avait disparu.

(Traduction de Gérard de Chergé)

Les Reines du Crime

Nouvelles venues ou spécialistes incontestées, les grandes dames du roman policier dans leurs meilleures œuvres.

Composition réalisée par COMPOFAC - PARIS

IMPRIMÉ EN FRANCE PAR BRODARD ET TAUPIN
Usine de La Flèche (Sarthe).
ISBN : 2 - 7024 - 2453 - 8
ISSN : 0768 - 1070

H 52/0630/5